AF313754

LES ESTIENNE

HENRI I; FRANÇOIS I ET II;

ROBERT I, II ET III; HENRI II; PAUL ET ANTOINE.

EXTRAIT

DE LA

NOUVELLE BIOGRAPHIE GÉNÉRALE,

publiée par MM. FIRMIN DIDOT frères.

ESTIENNE (*Henri*), premier imprimeur de ce nom, né vers 1460, mort en 1520, descendait d'une noble famille de Provence, dont le tableau généalogique, donné à mon père par Antoine Estienne, colonel en retraite et inspecteur de la librairie, remonte à l'an 1270. Au quinzième siècle elle se divise en deux branches : la seigneurie de Lambesc resta dans la branche aînée, issue de Béranger ; le chef de la branche cadette, Geoffroy, épousa Laure de Montolivet, dont l'écusson de famille portait un olivier. Geoffroy eut pour fils Raimond, qui fut son héritier, et Henri, qu'il déshérita, en 1482, pour s'être adonné à l'imprimerie, qui venait d'être introduite en France. On a peu de détails sur la vie de Henri. Vers 1500 il était associé, à Paris, avec Wolffgang Hopil dans l'exercice de l'art d'imprimer avec des formes (*in formularia arte socios*). Le premier livre qui porte leurs deux noms réunis est daté de 1501. C'est une Introduction morale, par Lefèvre d'Estaple, aux *Éthiques* d'Aristote. Leur établissement, situé près de l'École de Droit, avait pour enseigne des Lapins, *in officina Cuniculorum* (1). Le premier livre qui porte le nom seul de Henri est un abrégé des *Éthiques* d'Aristote par Clichtoue, avec une introduction de Lefèvre d'Estaple. C'est le seul qu'il publia en 1502. Sur les trois ouvrages qui parurent en 1503, l'un concerne Aristote, l'autre est un traité d'arithmétique, de géométrie, de perspective et d'astronomie. Les trois autres ouvrages qu'il donna sous son nom seul en 1504 sont encore des traités sur Aristote. Par les ouvrages sortis de ses presses, qui sont surtout

(1) Cette indication se trouve à la reimpression qu'ils firent, en 1502, du même ouvrage de Lefèvre d'Estaple.

Les livres de Simon de Colines, qui épousa la veuve de Henri Ier, ont aussi pour emblème des *Lapins*.

consacrés à la philosophie, aux mathématiques et à l'astronomie, on voit que cette imprimerie était adonnée aux sciences comme celle de Josse Bade aux belles-lettres, tandis que les autres ne s'occupaient guère que de livres de chevalerie ou de livres d'heures et de missels. Souvent Henri Estienne a indiqué à la fin des ouvrages le nom des correcteurs qui en avaient lu les épreuves; ce sont particulièrement Jacques Solidus, de Cracovie, et Volgazzi, de Prato; le savant Beatus Rhenanus, le Crétois Pierre Porta, Michel Pontanus et quelques autres l'aidaient aussi dans ces fonctions. Le caractère *romain*, dont Henri fit toujours usage, est un peu lourd, mais il est très-lisible et se rapproche beaucoup de ceux dont Ulrich Gering se servit dans ses dernières impressions. Les titres de ses livres portent pour emblème les armes de l'université entourées de festons, avec deux anges en support; en haut est une main sortant des nuages et tenant un livre fermé. Sur quelques titres on voit deux arbres, et sur chacun un aigle; dans un cercle est placé le titre du livre, et au-dessous un écu vide. Quelquefois sur la banderole tenue par les anges on lit cette devise : *Plus olei quam vini;* mais aux deux éditions de la *Logique d'Aristote* de 1503 et 1510 elle est remplacée par ces mots, qui semblent un présage de l'avenir réservé à la famille des Estienne · *Fortuna opes auferre, non animum potest* (La fortune peut nous ravir nos richesses, mais ne nous ôtera pas notre énergie).

Henri Estienne imprima en 1512, format in-16, la première édition de l'*Itinéraire* attribué à Antonin. En tête sont deux préfaces latines, de Geoffroy Tory, de Bourges, qui avait copié le texte de cet ouvrage sur un ancien manuscrit que lui avait communiqué Christophe Longueil (1). La même année il donna une édition de Celse. Sur les 120 ouvrages qu'Henri a imprimés, un seul est en français : c'est un *Traité de Géométrie*. Le *Quincuplex Psalterium*, volume in-fol., imprimé en noir et en rouge, dont il donna deux éditions, en 1509 et en 1513, est d'une exécution très-remarquable; pour la première fois le texte des psaumes y est divisé par versets.

Le grand nombre d'ouvrages de Lefèvre d'Estaple, de Clichtou et de quelques autres savants, imprimés chez Henri Estienne prouve que des rapports d'intimité ont dû exister entre eux, et influer sur l'éducation de son fils Robert, qui dès l'enfance se trouva ainsi en relation avec des hommes non moins recommandables par leur savoir que zélés dans leurs convictions religieuses. Lefèvre d'Estaple penchait vers la réforme; Clichtou,

au contraire, était tout dévoué aux doctrines de la Sorbonne, dont il était docteur; de cette divergence d'opinions entre de tels hommes devaient nécessairement résulter de fréquentes controverses. Lascaris donna des soins à l'éducation des enfants de Henri Estienne. Le savant Guillaume Budé, la famille Briçonnet, le premier président J. Ganay et les trois Du Bellay furent au nombre de ses amis.

Simon de Colines épousa la veuve de Henri Estienne et devint ainsi le beau-père et le tuteur des trois mineurs : François, Robert et Charles.

ESTIENNE (*François*), libraire français, fils aîné du précédent, né en 1502, à Paris, où il mourut, en 1550. Il a publié peu d'ouvrages. Quoiqu'on connaisse deux livres (le *Vinetum*, 1537, in-8°, et le *Térence*, 1538, in-4°) qui portent sa marque : une vigne sortant d'un trépied avec la devise de son père : *Plus olei quam vini*, Πλέον ἐλαίου ἢ οἴνου, et les initiales de son nom F. S, on ne croit pas qu'il ait eu une imprimerie; il fut seulement libraire. Ses premiers ouvrages, qui datent de 1537, portent qu'ils sont imprimés tantôt par *Simon de Colines pour son beau-fils*, tantôt *avec les caractères de Simon de Colines*, ou *par Robert Estienne pour son frère François*, ou bien encore *chez Simon de Colines et François Estienne*. En 1542 il s'opposa à la visite domiciliaire qu'en vertu du règlement du parlement de la même année les libraires jurés Jacques Niverd et Jean André voulurent exécuter dans sa librairie, et le parlement rendit contre lui un arrêt pour fait de rébellion et désobéissance. Il mourut jeune et sans enfants.

ESTIENNE (*Charles*), imprimeur français, troisième fils de Henri Ier, et frère de Robert, né en 1504, mort en prison pour dettes, en 1564. Il s'était préparé par de fortes études à la profession de médecin, et très-jeune il fut reçu docteur. La brillante éducation qu'il reçut dans la maison paternelle, sous la direction de Lascaris, le fit choisir par Lazare Baïf comme professeur de son fils Antoine, ce que celui-ci, devenu plus tard l'un des meilleurs poëtes de la Pléiade, rappelle dans ces vers : Mon père, dit-il,

    Fut soigneux de prendre
Des maistres le meilleur pour dès lors m'enseigner
Le grec et le latin, sans y rien espargner.
Charle Estienne premier, disciple de Lascare,
M'apprist à prononcer le langage romain......

En 1540, quand Lazare Baïf fut envoyé par le roi de France comme son ambassadeur en Allemagne et en Italie, Antoine nous apprend que son père

    .... menoit en voyage
Charle Estienne, et Ronsard, qui sortoit hors de page,
Estienne, médecin, qui bien parlant estoit.
Ronsard, de qui la fleur un beau fruit promettoit.

Ces voyages lièrent d'amitié le jeune Charles avec les savants les plus distingués, particulièrement avec Paul Manuce (1), et il contracta

<hr>

(1) Ces deux préfaces de Geoffroy Tory sont signées du mot *Civis* (citoyen). En 1509 H. Estienne avait aussi imprimé pour Geoffroy Tory *Cosmographia Pii Papæ*, in-4°. On voit que des rapports existaient déjà entre la famille des Estienne et ce célèbre artiste à la fois dessinateur plein de goût, graveur sur bois, typographe habile et littérateur original, auquel Rabelais a fait quelques emprunts.

(1) Paul Manuce, écrivant à l'un de ses savants amis à Paris au sujet de Charles Estienne et de Turnèbe, s'exprime ainsi : « Ille est (Turnebus) cui jure omnia tri-

en Italie le goût de l'antiquité, ce que prouve l'exactitude de quelques dessins exécutés dans ses ouvrages d'après les monuments antiques.

Resté fidèle à la foi catholique, Charles dut pour sauver les intérêts de ses neveux, dont il était le tuteur, prendre pour son compte la direction de l'imprimerie de son frère Robert, lorsque celui-ci s'exila de Paris avec toute sa famille. Cette circonstance lui permit de manifester ses sentiments comme parent, son mérite comme imprimeur, et sa science comme auteur et éditeur d'excellents ouvrages, particulièrement consacrés à la médecine et à l'agriculture.

Le premier soin de Charles fut de terminer les ouvrages commencés par son frère, et dès 1551 parut sous son nom la belle édition *princeps* du texte grec d'*Appien*, in-fol., imprimée avec les caractères royaux. D'après ce que nous apprend Henri Estienne, elle était presque achevée quand son père quitta la France. Le titre d'imprimeur du roi fut aussitôt conféré à Charles, et parut sur les ouvrages sortis de ses presses à dater de 1551.

En 1552 il fit paraître (*La*) *Guide des Chemins et fleuves de France*, composée par lui, ainsi que les *Voyages de plusieurs endroits de France*, en forme d'itinéraires. C'est l'origine des guides. Charles Estienne en donna trois éditions.

En 1553 il publia en un vol. in-4° son *Dictionnaire historique et poétique de toutes les nations, hommes, lieux, fleuves, montagnes*. Son frère Robert avait donné des essais d'un semblable dictionnaire; mais les additions considérables de Charles Estienne en ont fait un véritable ouvrage, qui, augmenté sans cesse, est devenu enfin celui de Moréri.

En 1554 parut sa Maison Rustique, sous le nom de *Prædium Rusticum;* dans ce volume in-8° sont réunis les divers écrits composés par Charles sur l'agriculture, l'horticulture, la viniculture, etc., et qui avaient été publiés précédemment chez son frère Robert. Il en fit une traduction française, avec des additions considérables, qui fut publiée l'année même de sa mort, par les soins de son gendre le médecin Jean Liebault, sous le titre de *L'Agriculture et Maison Rustique de Charles Estienne, docteur en médecine; en laquelle est contenu tout ce qui peut estre requis pour bastir maison champestre, prévoir les changements et diversitez du temps, médiciner les laboureurs malades, nourrir et médiciner bestial et volaille de toute sorte, dresser jardin tant potager, médicinal, que parterre, gouverner les mousches à miel, faire conserve, confire les fruicts, fleurs, racines et escorces, preparer le miel et la cire, planter, enter et médiciner toutes sortes d'arbres fruictiers, faire les huiles, distiller les eaux, avec plu-*

sieurs *pourtraicts d'alembics pour la distillation d'icelles, entretenir les prés, viviers et estangs, labourer les terres à graines, façonner les vignes, planter bois de haute fustaye et taillis, bastir la garenne, la héronnière et le parc pour les bestes sauvaiges; plus un brief recueil des chasses du cerf et du sanglier, du lièvre et du regnard, du blereau, du connin et du loup, et de la fauconnerie.* Cet excellent ouvrage ont souvent réimprimé depuis, avec des additions de Liebault, et se renouvelle perpétuellement de nos jours.

En 1537 Charles Estienne fit imprimer chez son frère François à l'usage de la jeunesse, un extrait qu'il composa des traités de Baïf *De Re Navali.* Ce petit ouvrage fut la cause d'une querelle assez vive avec Dolet.

Charles dédia en 1554 un traité de *Philon* au cardinal Charles de Lorraine, qui l'encourageait et le protégeait; aussi, en témoignage de sa reconnaissance, mit-il sur un de ses ouvrages qu'il dédia au cardinal ces mots : *Ex tua typographia.*

En 1555 Charles Étienne publia sa belle édition des œuvres complètes de Cicéron, 4 vol. in fol., qu'il divisa ainsi: le 1er contient les œuvres rhétoriques, le 2e les Discours, le 3e les Épîtres, le 4e les œuvres philosophiques. Les *Variæ Lectiones* et un Index très-complet accompagnent chaque partie. Il dédia encore ce grand ouvrage à son protecteur le cardinal Charles de Lorraine; ce fut en effet à sa recommandation que Henri II accorda à Charles Estienne le privilège qui lui concède pendant dix ans le droit d'imprimer seul les œuvres de Cicéron. Dans la préface Charles annonce n'avoir rien changé au texte (donné par son frère Robert), excepté lorsqu'il y était autorisé par l'accord de trois ou quatre manuscrits, et que la correction *parfait*, pour ainsi dire, *d'elle-même* (1).

On doit à Charles Estienne la publication d'un grand nombre d'écrits destinés à l'éducation, et composés par lui pour la plupart. La science médicale lui est aussi redevable de quelques bonnes définitions et d'un très-bel ouvrage d'anatomie : *De Dissectione partium Corporis humani*, qui fut imprimé en 1546, chez Simon de Colines, en deux éditions in-fol., l'une en latin, l'autre en français.

Ses dernières impressions datent de 1561. Parmi les correcteurs de son imprimerie était Aymar de Rançonnet, qui devint conseiller au parlement de Paris.

Les espérances que Charles avait fondées sur le succès commercial de son grand ouvrage le *Thesaurus Ciceronianus*, qui parut en 1557, furent loin de se réaliser, ainsi qu'on le voit dans une lettre de Maumont, insérée aux *Scaligeriana*; et il paraît certain que Charles mourut en prison, où il resta trois ans enfermé, soit à cause

buuntur, qui jam pervenerit eo quo nobis aspirare non licet. Saluta eum meis verbis, cum veterrimo amico meo, spectatæ virtutis et industriæ viro, Carolo Stephano. » Lib. V, p. 17.

(1) Je possède l'exemplaire de cette édition avec les corrections de la main de Henri Estienne; il les destinait à une nouvelle édition.

de ses opinions religieuses, ce qui me semble peu probable, soit, ce qui malheureusement paraît plus certain, par suite du dérangement de ses affaires et par le fait de ses créanciers.

Sa fille Olympe Nicole, femme instruite et qui écrivit en vers et en prose, eut également une existence malheureuse. Le poëte Jean Grévin, qui devait l'épouser, mourut après avoir célébré, dans son recueil de poésies intitulé *Olympe*, le mérite et la beauté de sa fiancée. Mariée ensuite au médecin Liébault, Olympe vécut dans la misère, et son mari mourut presque d'inanition, dans une des rues de Paris, en 1596. Parmi les écrits qu'elle a laissés on remarque celui qui est intitulé : *Les Misères de la femme mariée, où se peuvent voir les peines et les tourments qu'elle reçoit durant sa vie, mis en forme de stances par madame Liébault.*

ESTIENNE (*Robert Ier*), imprimeur français, deuxième fils de Henri Ier, naquit à Paris, en 1503, et mourut à Genève, le 7 septembre 1559.

Par son instruction, par son dévouement à l'art typographique et son zèle à sauver de la destruction et à propager en France les monuments littéraires de l'antiquité grecque et latine, dont on lui doit un si grand nombre d'éditions imprimées avec autant de soin que de goût, Robert Estienne occupe le premier rang parmi les imprimeurs. Ses éditions, supérieures à celles des Alde par leur exécution typographique et leur correction, l'emportent même en général sur celles de son fils Henri, et la modicité de leur prix nous étonne. Sa vie, si courte et si remplie de travaux littéraires, fut souvent troublée par les persécutions ; mais le devoir de propager par son art les Saintes Écritures lui fit braver la colère des docteurs de la Sorbonne, à une époque où les convictions religieuses se manifestaient au péril de la vie. C'est à comparer les textes saints dans leurs sources mêmes qu'il appliqua dès sa jeunesse ses profondes connaissances en hébreu, en grec, en latin.

Rien ne put le détourner de ce qu'il crut être sa mission, ni les conseils bienveillants des deux rois de France François Ier et Henri II, qui protégèrent longtemps leur imprimeur, dont ils estimaient le talent et aimaient la personne ; ni les avis et le secours que lui prêtèrent le docte évêque du Chastel et quelques prélats ; ni la menace d'un péril qui croissait avec son obstination ; ni le sort fatal et tout récent de l'infortuné Dolet. Sa persistance dans ses convictions et dans son droit de les manifester, et aussi le sentiment de sa supériorité sur ses adversaires, plus attachés alors à la science de la scolastique et des subtilités théologiques qu'à la connaissance des Saintes Écritures, lui firent oublier la devise, si sage et si modeste, qu'il avait adoptée : NOLI ALTUM SAPERE, SED TIME.

On doit toutefois regretter que la persécution qui le força de fuir sa patrie lui ait fait dépasser les bornes de la modération dans l'expression de son ressentiment contre ses persécuteurs et contre la foi catholique, que ses opinions religieuses le forcèrent d'abandonner pour celles de Luther et de Calvin.

Par les publications de Henri, son père, on a vu que dès l'origine le savoir présidait à l'imprimerie des Estienne aussi bien que l'amour d'un art, encore tout récent, qui créait une nouvelle noblesse à cette famille. Robert dès son enfance se trouva donc en rapport avec les savants distingués et les correcteurs habiles familiers de la maison paternelle. A l'âge de dix-sept ans il perdit son père, et sa mère épousa Simon de Colines ; c'est donc chez son beau-père, à la fois graveur, fondeur en caractères et imprimeur instruit, que le jeune Robert, sans négliger ses études, acheva son apprentissage typographique. Il ne pouvait avoir un meilleur maître.

Un goût sévère se fait remarquer dans toutes les éditions de Robert Estienne. Ses caractères, avant même l'emploi des types de Garamond, gravés d'après les belles formes romaines, sont bien fondus. Les seuls ornements qu'il se permette sont ces belles lettres fleuronnées dites *grises* ou *criblées* et quelque vignette en tête des livres ou des chapitres, reproduisant avec le goût de la renaissance ce que les manuscrits de Rome et de la Grèce offrent de plus beau en ce genre.

Il avait dix-neuf ans lorsque Simon de Colines lui confia l'édition latine du Nouveau Testament qui parut en 1523, en petit format (in-16). Quelques améliorations que Robert crut devoir apporter au texte, d'après les meilleurs manuscrits, lui suscitèrent dès lors l'animadversion des théologiens de la Sorbonne, indignés de voir une main laïque toucher aux Saintes Écritures. Ils n'en purent cependant prohiber le débit. Cette première persécution, loin de décourager Robert, le porta à étudier plus profondément encore les Saintes Écritures dans les sources hébraïques, grecques et latines.

En décembre 1526, le premier livre qu'il publia dans l'imprimerie qu'il venait d'établir rue Saint-Jean-de-Beauvais, en face de l'École de Droit, et probablement dans la maison paternelle, fut un ouvrage sur l'éducation des enfants, suivi bientôt de plusieurs autres du même genre. Tous sont imprimés avec soin, et beaucoup mieux exécutés que ne l'ont été en France les livres de classes jusqu'à ces derniers temps.

En 1526 il reprit pour emblème l'olivier qui figurait dans l'écusson de la branche maternelle des Estienne. Sauval dit que cet olivier, emblème de la famille, adopté par Robert Estienne, « ce fameux et docte imprimeur, se voyait encore dans la rue Saint-Jean-de-Beauvais à l'époque où il écrivait, » c'est-à-dire plus de cent ans après (livre VIII, p. 325).

Robert Estienne épousa en 1528 Perrette ou Pétronille, fille du savant Josse Bade, à la fois professeur et imprimeur célèbre. La maison de Robert, dirigée par cette femme aimable et très-instruite, devint un centre littéraire où le latin, le grec et même l'hébreu étaient d'un usage familier, ce que les poëtes du temps ont constaté, entre autres Daurat, qui rapporte que dans la maison de Robert Estienne l'épouse, les domestiques, les clients, les enfants même parlaient habituellement la langue de Plaute et de Térence (1). C'est aussi ce que rappelle Henri Estienne dans une de ses lettres à son fils Paul (2).

En 1528 Robert Estienne publia sa grande Bible latine, d'après la version de saint Jérôme. Il ajouta des sommaires en tête des chapitres, des concordances à la marge et des variantes se rapportant au texte hébreu, et à la fin un index considérable, donnant en hébreu, en chaldéen, en grec et en latin les noms propres des hommes, des femmes, des peuples, des villes, des idoles, des fleuves, des montagnes et autres lieux qui se trouvent dans la Bible et le Nouveau Testament. Robert Estienne indique dans sa préface les travaux auxquels il s'est livré pour rétablir le texte d'après les manuscrits de la Bibliothèque du Roi et ceux des abbayes de Saint-Germain-des-Prés et de Saint-Denis, comparés par lui avec les éditions imprimées et surtout avec celle d'Alcala (*Complutense*), qu'il fit venir d'Espagne. Le titre de son édition indique qu'elle parut avec le privilége du roi, et ce privilége dit qu'elle fut imprimée *par l'avis et mûre délibération et expérience de gens de grand savoir*. Cette indication se trouve répétée à la fin de l'Apocalypse, et le privilége est même reproduit en français à la fin de l'ouvrage. Mais Robert Estienne n'en fut pas moins poursuivi avec un tel acharnement par les docteurs de la Sorbonne, que sans la protection de François Ier il aurait certainement succombé. Les expressions dont se sert Robert Estienne dans son écrit en réponse aux Censures des Théologiens attestent sa reconnaissance, même dans l'exil, pour la bienveillante protection qu'en toute occasion il reçut de ce prince. Henri II le protégea également, mais peut-être avec moins de fermeté que ne l'eût fait François Ier, plus hardi et plus chevaleresque et dont l'affection pour Robert Estienne était d'ailleurs plus personnelle et plus ancienne.

D'après le relevé des Bibles publiées par Robert Estienne dans le cours de sa carrière, qui fut courte, puisqu'il mourut à cinquante-six ans, on voit que, indépendamment des Psautiers et Concordances, il a donné onze éditions de la Bible entière, tant en hébreu qu'en latin et en français, et douze éditions du Nouveau Testament en grec, en latin et en français. Or, comme il est certain qu'à toutes ces éditions il a apporté des soins particuliers, on peut juger de l'immensité de pareils

(1) .... Quale diversorium,
  O Juppiter, quam splendidum
Quantumque amœnum ! sed potissimum quibus
  Cordi bonæ sunt litteræ...
Intaminata quam Latini puritas
  Sermonis, et castus decor !
Nempe uxor, ancillæ, clientes, liberi,
Quo Plautus ore, quo Terentius, solent
  Quotidiane colloqui...
(2) En tête de son édition d'Aulu-Gelle. 158..

labeurs, qui suffiraient seuls pour occuper la vie d'un savant et laborieux imprimeur.

Voici l'indication de ces éditions :

1523. Nouveau Testament latin, in-16 (chez Simon de Colines).

1528. Bible en latin, in-fol.

1532. Idem en latin, in-fol.

1534. Idem en latin, in-8° : prix, 15 sols. Ce prix est modique, même en tenant compte de la différence de la valeur actuelle, qui est dans la proportion de *quatre à un* (1).

1541. Nouveau Testament en latin, in-8°, avec notes marginales : prix, 6 sols.

1540. Bible en latin, in-fol. : prix, 60 sols.

1542. Bible en hébreu, in-fol. : prix, 100 sols.

1543. Nouveau Testament en latin, in-16. Réimpression du Nouveau Testament de 1541, avec quelques changements dans les notes qui avaient déplu à la Sorbonne, et additions nouvelles.

1545. Bible en latin, in-8° : prix, 45 sols.

1545. Nouveau Testament latin, in-16, avec notes et variantes d'après les manuscrits.

1546. Bible en hébreu, in-16 (huit vol.) : prix, 75 sols.

1546. Nouveau Testament en grec, in-16, *typis regiis*, prix, 8 sols, d'après un premier catalogue, et plus tard 10 sols. C'est la première édition imprimée avec le petit caractère grec de Garamond. L'Ancien Testament devait être imprimé de même. Cette édition est connue sous le nom de *O mirificam* : ce sont les deux premiers mots de la préface, où Robert Estienne rend grâce au roi, qui, dans l'intérêt des lettres, avait fait graver ces charmants petits caractères grecs, lesquels permettaient de réduire en petit format les livres imprimés jusque-là dans de grandes dimensions ; on ne pouvait, dit Robert, en faire un plus digne usage qu'en les consacrant à l'impression des saints Evangiles.

1546. Bible en latin, in-fol. : prix, 60 sols.

1549. Nouveau Testament en grec ; in-16 : prix, 10 sols Pour distinguer cette édition de celle de 1546, on la désigne sous le nom de *pulres*, attendu que, par une de ces fatalités typographiques, inévitables pour tout imprimeur, le mot *plures*, employé dans la préface, a été changé en *pulres*, par une transposition de lettres. Cette édition contient quelques changements au texte de 1546. On a cru y découvrir quatorze légères erreurs typographiques ; il y en avait douze seulement dans la précédente.

1550. Nouveau Testament grec, in-fol. : prix, 35 sols Magnifique édition ; la collation de seize manuscrits est placée en marge ou à la fin.

1551. Nouveau Testament grec, avec deux trad. latines, l'ancienne, et celle d'Érasme, 2 vol. in-16. Le texte est pour la première fois séparé par versets *chiffrés* et rangés chacun en *alinéa*. Cette édition est extrêmement rare. Par erreur, la date porte MDXLI ; mais le chiffre X a été gratté. On prétend qu'à d'autres exemplaires la date aurait été rectifiée sur le titre pendant le cours de l'impression, MDLI.

1553. Bible en français, revue par Calvin, in-fol.

1553. Nouveau Testament latin, avec commentaires de Robert Estienne pour saint Matthieu, saint Marc et saint Luc ; et avec commentaires de Calvin pour Saint-Jean ; in-fol.

1554. Nouveau Testament in-fol. en français, publié sous ce titre : « *Les Quatre Évangélistes*, avec une explication « continuelle et familière, recueillie des expositions des « plus savants docteurs ecclésiastiques, par lesquelles « on peut voir combien les gloses ordinaires et postilles « que le temps passé on a baillées au peuple chrétien, en « lieu de l'Évangile, l'ont esloingné et destourné de Jésus- « Christ, et en quelles ténèbres on l'a mené. »

MM. Haag, qui citent cette édition, la disent être une traduction de l'édition latine de 1553.

(1) De 1515 à 1530 le marc d'argent valait environ 12 fr., et de 1531 à 1545 près de 14 fr. ; le setier de blé (240 livres pesant) valait 12 livres, soit 240 sous, ou 2,880 deniers.

La livre de blé valait donc un sou ou 5 centimes, et le denier un peu moins d'un demi-centime. Aujourd'hui la livre de blé vaut 4 sous ou 20 centimes : le denier d'alors équivaudrait donc à un peu moins de 2 centimes ; le sou à 20 centimes, et la livre à 4 francs.

1536. Bible en latin, in-8°.

1537. Bible en latin, in-fol. (2 vol.)

1537. Nouveau Testament en grec, in-fol, avec deux traductions latines. Celle de Théodore de Bèze est suivie de ses annotations.

1560. Nouveau Testament en français, in-16, revu de nouveau et corrigé sur le grec par l'avis des ministres de Genève.

Parmi les services rendus aux études bibliques par Robert Estienne, on doit mentionner sa grande édition des Concordances de la Bible, qu'il publia en 1555. Après avoir rendu justice aux premiers essais faits en ce genre, essais très-incomplets, puisqu'on n'y trouvait guère que le dixième des mots que l'on cherchait, Robert Estienne nous apprend qu'il eut le courage de ranger mot par mot, phrase par phrase, toute la Bible dans un index disposé dans l'ordre alphabétique, avec renvoi à chaque verset, conformément à la disposition de la Bible latine qu'il publia simultanément. Ce grand travail, que ses amis sollicitèrent de lui pendant dix-huit ans, mais auquel, malgré leur promesse de lui venir en aide, ils ne concoururent en rien, ne forme pas moins de onze cents pages à quatre colonnes en petits caractères, et il rivalise par sa belle impression avec ce que les Elzevier ont produit de plus parfait en ce genre (1).

Les deux Bibles hébraïques, l'une en quatre volumes in-4°, 1539-44, l'autre en 8 volumes in-18, 1544-46, furent imprimées avec les caractères hébreux que Guillaume Le Bé avait gravés par ordre ou avec l'aide de François Ier. C'est ce qui semble résulter de l'éloge que fait Robert Estienne de la libéralité du roi, dans sa préface en tête des *Duodecim Prophetæ* (Bible hébr. de 1539), et de l'avis donné par le savant professeur d'hébreu au Collège de France Agostino Giustiniani, en tête de la grammaire de Moyse Kimchi, qu'il avait fait imprimer dès 1520 en caractères hébreux, dont l'exécution lui coûta, dit-il, tant de peine. Il annonce dans cette préface que c'est grâce au roi que désormais les étudiants de l'université de Paris auront des livres à bon marché (*regis nostri beneficio*). Ces types hébreux sont supérieurs à ceux que l'Italie et l'Espagne avaient employés avant nous, l'une à Soncino, l'autre à Alcala.

Le 24 juin 1539, le roi François Ier, en témoignage de son estime pour le savoir et les travaux de Robert Estienne, le nomma son imprimeur pour les langues hébraïque et latine. Le privilége pour le grec avait été conféré précédemment à Néobar. Mais parmi le peu d'ouvrages grecs sortis des presses de ce savant imprimeur, mort en 1540, aucun n'est imprimé avec les caractères grecs *dits du roi*. Robert Estienne est le premier qui en ait fait usage, et il a consacré leur royale origine par la publication de plusieurs auteurs importants et inédits, tels qu'*Eusèbe, Denys d'Halicarnasse, Alexandre de Tralles, Dion Cassius, Justin* et *Appien*, qui avaient échappé au zèle infatigable des Alde. Le titre d'imprimeur du roi pour le grec fut conféré à Robert Estienne aussitôt après la mort de Néobar.

C'est en se livrant à ces travaux et à la collation des manuscrits de la Bibliothèque du Roi et des autres bibliothèques que Robert Estienne prépara les matériaux du Trésor de la Langue Grecque, qu'il voulait publier à la suite de son Trésor de la Langue Latine. Ces matériaux furent la base du grand monument élevé plus tard par la piété filiale.

Dans ses éditions de textes grecs inédits, Robert Estienne se conforma scrupuleusement aux manuscrits, et il faut qu'une correction soit d'une évidence incontestable pour qu'il se la permette. Mais à la fin de ses éditions *princeps* il ajoute soit les variantes qu'il a recueillies dans les divers manuscrits, soit les corrections qu'il propose. En tête de la plupart de ses éditions sont des préfaces en grec, langue que Robert Estienne écrivait avec autant de facilité que la langue latine.

La première de ces belles éditions, qui toutes sont de véritables chefs-d'œuvre typographiques, l'*Histoire ecclésiastique* d'EUSÈBE, parut en 1544, imprimée avec le beau caractère grec gravé par Garamond par ordre du roi.

Ce superbe volume forme 1089 pages in-fol. Le titre porte qu'il a été imprimé avec privilége du roi, dans l'officine de Robert Estienne et avec les caractères royaux. Ces types, exécutés d'après les dessins du calligraphe crétois, professeur royal, Ange Vergèce, sont si parfaits, que l'on croit avoir sous les yeux les plus beaux manuscrits des plus habiles calligraphes de Byzance : aussi disait-on qu'ils charmaient tellement la vue qu'on n'était pas seulement invité mais forcé à lire dans ces belles éditions (1).

---

(1) Dans la préface il prie ses confrères les imprimeurs de ne pas contrefaire immédiatement cet immense labeur qui lui a coûté tant de peines ; et sur le titre même on lit cette prière :

ROBERTUS STEPHANUS.

Æquos ac innocuos vos præbete ὁμοτέχνῳ ὑμῶν, rogo atque obsecro ;

PRIVILEGIUM ipsi ultro ad annos aliquot irrogate, ut messi alienæ parcatis.

Cœpta, necdum expolita, meliora facere et perficere sinite Vobis in tempore profutura.

Lorsqu'en 1550 Robert Estienne, s'exilant de France, vint s'établir à Genève, les seuls priviléges qu'il pouvait obtenir étaient limités à la Suisse. C'est ce qui l'engagea à adresser cette noble prière aux imprimeurs des autres pays. Plus tard, pour se prémunir contre des contre-façons immédiates, son fils Henri Estienne sollicita des priviléges dans les grands États de l'Europe, afin que ses éditions y fussent protégées au moins pendant quelques années.

(1) « Librique ipsis (*typis*) excusi non invitent tantum, sed etiam aliquo modo rapiunt ad se legendos. »

Bayle cite ce passage de *Pierre Vettori* dans sa préface d'un traité d'Aristote.

Dans son *Histoire de l'Imprimerie de Paris*, Chevillier, très-dévoué à la Sorbonne, répétant les inculpations de Malinkrot, du fougueux ligueur Genébrard, du jésuite Possevin et du moine Pierre de Saint-Romuald a reproché à Robert Estienne d'avoir emporté les types royaux, que l'on dut plus tard racheter à la seigneurie de Genève. M. A.-A. Renouard et mon père ont répondu à cette accusation, qui, au lieu d'être généralisée, ne saurait s'appliquer qu'à une frappe de matrices, puisque les poinçons restèrent toujours à Paris, déposés à la Chambre des comptes par ordre de François Ier. Il est même très-probable qu'une autre frappe était restée à Paris ; en

La préface, peu connue parce qu'elle est écrite en grec, nous donne des détails précieux sur la protection que François Ier accordait aux lettres et à la typographie. J'ai cru devoir la traduire.

tous cas, pour compléter les fontes de ces caractères, qui étaient suffisamment abondantes, puisqu'on sait que Charles Estienne, Guillaume Morel, Adrien Turnébe, Bienné (Benenatus), Antoine Estienne et quelques autres imprimeurs en firent usage pour leurs belles impressions, il était facile de se procurer les matrices nécessaires, au moyen des poinçons restés à la chambre des comptes.

Robert Estienne avait dirigé Garamond dans la gravure de ces types, pour l'un desquels (le plus petit) on sait qu'Henri Estienne, quoique très-jeune alors, mais habile déjà dans l'art de la calligraphie, auquel il s'était exercé sous la direction d'Ange Vergéce, avait fourni le dessin. Une pièce qui est au Louvre, datée du 1er octobre 1541, porte que François Ier « autorise Robert Estienne « à payer à Claude Garamond, tailleur et fondeur de lettres, « les poinçons des lettres qu'il avoit promis de faire pour « servir à l'impression des livres des librairies du roi ». Or il est probable que Robert n'avait point été remboursé intégralement par le trésor, alors obéré très-souvent. Dans la préface de l'édition de *Diodore de Sicile* imprimée par Henri Estienne *à Genéve*, en 1559, je remarque ce passage significatif où H. Estienne dit qu'il maintient l'imprimerie que son père a créée avec l'aide de François Ier. Robert Estienne avait donc quelques droits sur ces types, ne fût-ce que pour en avoir dirigé l'exécution. C'est ce qui explique comment aucune réclamation ne fut jamais faite, ni à Robert, ni à son fils Henri, tout le temps qu'ils se servirent à Genève de ces caractères, sur lesquels on leur reconnaissait sans doute des droits réels. Mais lorsque par ses malheurs de fortune Henri Estienne fut forcé d'engager à la seigneurie de Genève les matrices pour quatre cents écus d'or (4,500 fr.), sur lesquels la famille de Henri Estienne, après sa mort, ne put payer que la moitié, la seigneurie, restée détentrice du gage, vendit, en 1613, sa créance sur la succession aux frères Chouet, libraires. Cependant Henri IV, qui voulait conserver à la France ces matrices, les faisait redemander aux Genevois, demande renouvelée en 1616, sous Louis XIII, a l'envoyé de la Suisse, afin de *ravoir ces matrices pour l'honneur de la France*, en faisant offre de satisfaire les créanciers des Estienne, qui les retenaient. Mais Paul Estienne, dans un voyage à Londres, s'était engagé à les livrer au gouvernement d'Angleterre, dont l'ambassadeur les réclamait avec instance. « L'envoyé de Genève, dit M. A.-A. Renouard, en informa le garde des sceaux de France, qui pour sauver aux Genevois l'embarras d'un refus à l'Angleterre, FIT ENTENDRE *à l'ambassadeur que ces matrices appartenaient au roi, et avaient été dérobées au roi François Ier, ce que lesdits ambassadeurs ont écrit à leur maître, n'espérant pas de les pouvoir plus obtenir.* » (Extrait du registre du conseil).

En 1619, le clergé de France, voulant commencer l'impression des Pères de l'Église, insista pour que cette affaire fût terminée. Il rappela « que l'une des plus grandes gloires « du royaume estoit, *entre autres*, la quantité et la cu- « riosité des bons livres et belles impressions grecques « et latines. Que maintenant les étrangers, jaloux de cette « gloire, ne pouvant rompre l'amitié et l'habitude que « les lettres ont avec les esprits qui naissent en ce « royaume, s'efforcent d'en ôter les impressions, qui « sont les voix et les paroles des sciences, par lesquelles « elles traitent et confèrent avec les hommes : auquel « effet, quelques étrangers ont depuis peu acheté de « *Paul Estienne*, pour le prix et somme de trois mille « livres, les *matrices grecques* que le feu roi Fran- « çois Ier avait fait tailler pour l'ornement de ses univer- « sités et commodité des lettres, avec tant de frais, « qu'il ne seroit ni juste ni raisonnable, même qu'il im- « porte à la grandeur et à l'honneur de ce royaume, de « n'en laisser emporter choses si rares et si riches, in- « ventées par le bonheur et diligence des feus rois, ce « qui seroit funeste à tous les bons et inviteroit les « Muses à suivre ceux qui posséderoient ces ornements, « et abandonner ce royaume... » Par arrêt du conseil d'État du roi (27 mars 1619), il fut donc décidé que Paul Estienne serait envoyé aux frais du gouvernement français pour retirer ces matrices moyennant la somme de trois mille francs. Le 6 mars 1632 elles furent déposées

« *L'Imprimeur du Roi, Robert Estienne, aux Lecteurs, Salut.*

« Si le divin Platon a dit avec raison que le « bonheur du genre humain serait assuré quand « les philosophes seraient rois ou les rois philo- « sophes, chacun s'empressera de féliciter la « France d'avoir rencontré ce bonheur en Fran- « çois Ier. En effet, et pour me servir de l'ex- « pression de Platon, c'est par un don de la na- « ture que la philosophie s'unit en ce prince à « ses autres qualités. S'il en fallait des preuves, « ne suffirait-il pas de le voir, dès qu'il est libre « d'affaires, se livrer presque chaque jour à la « conversation des hommes les plus savants et « s'occuper des sciences diverses, à l'étonnement « de tous ceux qui assistent à ces entretiens. « Qui n'admirerait en effet de voir un roi, forcé « de s'occuper incessamment des plus grands in- « térêts, traiter selon l'occurrence, de vive voix « et spontanément, des sujets les plus divers et « dont ceux qui en ont fait l'objet de leurs études « spéciales pourraient à peine parler convenable- « ment ; et ce qui est le comble de la sagesse, c'est « qu'il montre que le but de son règne est d'être « le plus utile aux hommes qu'il lui soit possible. « Pour atteindre ce but, le principal moyen et « le meilleur à ses yeux est l'enseignement de « la philosophie, parce qu'il croit qu'elle seule « nous indique la voie du devoir en éclairant « l'univers comme avec un flambeau. Aussi « s'est-il empressé d'instituer ce collège, le plus « illustre de tous, où de tous les pays accourent « ceux qui veulent s'instruire dans les diverses « sciences en écoutant les maîtres les plus sa- « vants, que ce prince récompense avec géné- « rosité. Quant à ceux qui sont suffisamment ins- « truits, et auxquels il reconnaît du mérite, il « les élève aux emplois les plus honorables, ou « leur fait des largesses vraiment royales. Enfin, « quels vœux pourrait-on former lorsqu'on voit ce « prince montrer une telle bienveillance à ceux « qui se distinguent dans les sciences, que la « noblesse entière, qui naguère encore n'avait « pour elles que de l'indifférence, rivalise « aujourd'hui de zèle pour briller par le savoir « non moins que par les armes. Enfin, avec « quelle sollicitude il a composé cette immense « Bibliothèque de livres achetés de tous côtés « sans jamais épargner la dépense, et qu'il accroît « sans cesse ! Non content de la rendre l'égale en « nombre de celle du roi d'Égypte, le grand Pto- « lémée, il a voulu qu'elle la surpassât par la géné- « rosité du plan. Tandis que, dans un vain désir « d'ostentation, la Bibliothèque d'Alexandrie en- « fermait comme des prisonniers les livres qu'elle « se procurait de toutes parts, notre roi, loin de « priver le public des anciens écrits des poètes

à la chambre des comptes et rendues à l'Imprimerie royale en 1775, où elles sont encore aujourd'hui.

« et des écrivains les plus célèbres, qu'il fait re-
« chercher en Grèce et en Italie à grands frais,
« les communique librement à quiconque en a
« besoin ; et même, pour les langues les plus
« importantes, c'est par ses ordres que les
« plus habiles artistes viennent d'exécuter ces
« types nouveaux dont les formes sont si heu-
« reusement proportionnées, que par eux les
« plus beaux livres vont désormais charmer la
« vue du nombreux public qui en sera posses-
« seur. Ces types de la langue grecque que nous
« vous offrons ici en font partie, et nous en
« ferons usage, si Dieu le permet. pour impri-
« mer avec le plus grand soin les ouvrages les
« plus importants, à commencer par cette His-
« toire Évangélique d'Eusèbe, évêque de Césa-
« rée, en Palestine, vigilant gardien de la Bi-
« bliothèque sacrée et savant interprète de la
« Sainte Écriture. Afin de mieux remplir le de-
« voir qui nous était imposé par le roi et rendre
« plus correct le texte, nous avons eu le soin de
« comparer entre eux plusieurs manuscrits, en
« nous aidant des lumières de gens aussi savants
« qu'ils sont bienveillants pour nous. Jouissez
« donc à satiété de nos travaux, et rendez grâces
« au meilleur et au plus magnanime des rois de
« ces présents qu'il vous fait avec autant de gé-
« nérosité que de magnificence. »

Les sentiments de reconnaissance de Robert
Estienne envers un souverain ami des lettres,
qui avait su apprécier son mérite, s'intéresser à
ses travaux et lui témoigner de l'estime, sont noblement exprimés dans cette préface, et les faits
qu'elle contient sont conformes à la vérité.

Lorsque François I*er*, qui recherchait la conversation des hommes éclairés et les honorait de
son estime et de ses largesses, venait quelquefois,
peut-être en compagnie de son aimable sœur, qui
affectionnait aussi Robert Estienne, visiter son
imprimerie de la rue Saint-Jean-de-Beauvais et
s'enquérir de ses travaux ; et lorsqu'il daigna
même, selon un récit célèbre dans les fastes de
la typographie, attendre quelques instants pour
ne pas interrompre Robert Estienne dans la lecture
qu'il faisait d'une épreuve, ce prince par de tels
actes aussi honorables pour lui que pour l'art qui
était l'objet de sa protection particulière donnait
une preuve évidente de cet amour des lettres et des
beaux-arts qui a distingué surtout les Valois (1).

(1) Heinsius, *Dissertatio epistolica an viro literato
ducenda sit uxor et qualis.* Épître à Jacques Primerius.
— *Anti-Baillet*, par Ménage, avec notes de La Monnoye,
in-4°, p. 141.
On ne saurait toutefois se dispenser de rappeler que
François I*er*, harcelé par les plaintes de la Sorbonne
sur le danger que couraient la religion et l'État, et cédant
aux préoccupations politiques que causaient les progrès de
la Réforme, se laissa arracher deux lettres patentes, celle
du 13 janvier 1534 et celle du 26 février 1534, qui défendaient à tout imprimeur *sur peyne de la hart* de rien
imprimer de *composition nouvelle* ou de *réimprimer* sans
approbation *aucun livre.* Mais on doit ajouter, à l'honneur
du parlement de Paris, que des remontrances (peut-être
secrètement inspirées par François I*er* lui-même) furent
faites au roi, et que ni l'une ni l'autre de ces lettres patentes

Cette éminente qualité brille encore d'un plus vif
éclat à une époque aussi troublée par les passions,
les guerres et les discordes civiles. D'ailleurs ces
marques d'estime données ainsi à Robert Estienne
par le souverain n'étaient pas seulement un témoignage de sa faveur royale, mais en quelque sorte
une sauvegarde contre les périls qui menaçaient
son imprimeur.

Le second ouvrage grec inédit est la *Préparation Évangélique* d'Eusèbe. Ce volume in-
folio est également imprimé avec le plus grand
soin et avec les mêmes caractères. Le titre porte
la date de 1544 ; mais on lit à la fin que l'impression fut terminée en avril 1546. Son achèvement
exigea donc deux années (1).

Le troisième ouvrage, commencé avec le même
soin en 1546 et terminé en avril 1547, est la première édition des *Antiquités Romaines* et des
traités de *Rhétorique* de Denys d'Halicarnasse.

Le quatrième ouvrage inédit, qui parut en janvier 1548 est l'ouvrage de médecine d'Alexandre de Tralles, suivi d'un traité sur la peste,
traduit du syriaque en grec d'après un manuscrit
de la Bibliothèque du Roi ; l'exécution en est très-
belle. Ce livre est devenu extrêmement rare.

Le cinquième ouvrage grec inédit est Dion Cassius, publié en février 1548, d'après le seul manuscrit de la Bibliothèque du Roi. Il contient les
livres XXXVI à LVIII. A la fin sont les corrections
que propose Robert Estienne au texte, qu'il déclare très-mutilé. Cette année il donna aussi
une superbe édition du commentaire de Budé.

Le sixième ouvrage grec est le Justin, publié
également pour la première fois par R. Estienne en
1551, in-fol. ; il est accompagné de diverses leçons collationnées sur d'autres manuscrits. On
trouve quelquefois l'édition de ce saint philosophe
et martyr réunie au magnifique Nouveau Testament tout grec que Robert Estienne fit paraître
le 17 juillet de l'année 1550, et dont les caractères
royaux, d'un type beaucoup plus fort, sont
gravés par Garamond avec la même perfection.
Rien de ce que l'Italie, l'Angleterre et l'Espagne
produisaient alors ne saurait être comparé à ce
chef-d'œuvre de la typographie parisienne.
L'Allemagne seule par ses belles éditions *gothi-
ques* ornées de gravures sur bois exécutées
par Albert Dürer, Schœffelein, Burgmair et
autres pourrait peut-être opposer des impressions
aussi remarquables, mais toutefois dans un autre
genre, et grâce à la protection de l'empereur Maximilien. Quant aux impressions en grec, ni
l'Italie, ni l'Allemagne, ni aucun pays ne saurait
soutenir en rien la comparaison avec celles de
Robert Estienne. Ce Nouveau Testament, enrichi
de notes marginales, est le résultat d'une nou-

ne furent enregistrées. C'est à M. Taillandier que l'on doit
la connaissance de ces faits (*Mémoire sur l'Imprimerie
de Paris*, p. 44 à 53).
(1) Le prix de l'*Histoire Ecclés.* était de 3 livres 10 sols
(13 francs) et le prix de la *Préparation*, volume un peu
moins gros que l'*Histoire Ecclésiastique*, était de 2 livres 10 sols (9 francs.)

velle révision de Robert Estienne des seize manuscrits qu'il avait collationnés une première fois pour ses petites éditions grecques de 1546 et 1549. C'est ce qu'il nous apprend dans la préface en grec et en latin qu'il a écrite en tête de l'ouvrage. On y voit réunis les trois caractères grecs de Garamond : le plus gros consacré au texte (1); le moyen, aux accessoires, comme les *Vies des Évangélistes*, les *Considérations par saint Jérôme*, les *Arguments* etc.; le petit, aux variantes et aux concordances placées en marge. Une pièce de 72 vers grecs, composée par son fils (Henri Estienne) de retour de ses voyages, précède les Évangiles.

L'APPIEN est le septième auteur inédit qu'ait publié Robert Estienne, dans le format in-folio. Son départ forcé de Paris fut la cause que cet ouvrage parut sous le nom de son frère Charles (2).

Ces magnifiques volumes grecs d'auteurs importants et inédits, dont l'exécution typographique est aussi remarquable que la correction est parfaite, sont imprimés avec les caractères royaux, *typis regis*, et portent sur le titre un emblème représentant un *basilic* à tête de *salamandre* s'enroulant, ainsi qu'une branche d'olivier, sur une pique, avec cette devise, empruntée à Homère et appliquée par Robert Estienne à François Ier, Βασιλεῖ τ' ἀγαθῷ, κρατερῷ τ' αἰχμητῇ : *au bon roi et au vaillant guerrier*. C'est par erreur que M. Renouard et autres n'ont vu qu'un *serpent* dans cette représentation, un peu poétisée, du basilic et de la Salamandre.

M. A.-A. Renouard, quoique passionné pour les Alde, s'étonne avec raison que ces beaux livres des Estienne, « si rigoureusement corrects, si bien « imprimés et vénérés de tout le monde savant, ne « soient point arrivés à cette haute valeur pécu- « niaire, n'obtiennent point ces prix exagérés que « l'on prodigue non-seulement aux éditions, la plu- « part si estimables, des Manuce, mais même à une « multitude de livres qui ne sont souvent que de « vaines curiosités bibliographiques.... Ces véné- « rables volumes, trop graves, dit-il, pour être l'oc- « casion de folies, vont bien plus souvent aider le « savant dans ses études, que chez les curieux « parer les tablettes, dont ils seraient certes un « des ornements les plus recommandables. » Mais depuis vingt ans une réaction heureuse s'est opérée, et le prix des beaux exemplaires des éditions des Estienne a considérablement augmenté.

La *littérature latine* n'est pas moins redevable à Robert Estienne que la littérature grecque. Ne voulant pas que la France restât tributaire de l'I-

talie, il imprima avec soin tous les principaux auteurs latins, souvent revus par lui et quelquefois même accompagnés de ses commentaires. Sans énumérer ici toutes les éditions qu'il a publiées, il suffira de dire que douze éditions de TÉRENCE sont sorties de ses presses, la plupart avec le commentaire de Donat, que Robert à revues et corrigées d'après les manuscrits. Parmi les cinq éditions de VIRGILE qu'il a données, celle, in-fol., de 1532, est suivie du commentaire de Servius, considérablement amélioré par Robert Estienne à l'aide des manuscrits. Cette édition, imprimée avec soin et avec des caractères d'une gravure nouvelle, contient des corrections et variantes que Pierius Valerianus avait recueillies de très-anciens manuscrits. Quatre autres éditions de Virgile datées de 1533, 1537, 1540 et 1549, formats in-8° et in-16, sont aussi très-bien imprimées, et se vendaient à très-bas prix : celle de 1533, 5 sols; celle de 1537, 2 sols (1).

Robert Estienne a donné deux éditions complètes de CICÉRON, l'une en 4 vol. in-8°, 1538-1539, l'autre en 9 vol. in-8°, 1543-1544, et soixante traités divers de Cicéron, indépendamment des commentaires isolés; enfin, plus de quarante auteurs latins sont sortis de ses presses, revus par lui pour la plupart sur les manuscrits de Saint-Germain-des-Prés et de la Bibliothèque du Roi, alors en partie à Blois et en partie à Fontainebleau.

Mais un travail plus considérable et plus personnel encore à Robert Estienne, c'est le grand répertoire de la langue latine, le *Thesaurus Linguæ Latinæ*, dont l'apparition fut un événement littéraire. Son succès fut tel, qu'il dut en imprimer trois éditions, la première en 1532, la dernière, qui forme trois volumes in-fol., en 1543. Quoique dans cet immense travail il ait été secondé puissamment par Jean Thierry de Beauvais, ainsi qu'il se plaît à le reconnaître avec modestie, la fatigue qu'il éprouva fut telle qu'il manqua d'y succomber (2). Son fils nous apprend, dans l'un de ses écrits (3), que *tant ce recueil que l'impression coûta à son père trente mille francs*. C'est sous le nom de Robert Estienne, et avec son travail, qui en est le fond, que tous les grands dictionnaires latins ont paru successivement, avec des additions plus ou moins considérables par Nizolius (Venise, 1551), par Tinghius (Lyon, 1273), par Law, Taylor, etc. (Londres, 1735), par Birrius (Bâle, 1740), par Gesner (Leipzig, 1749). D'après un système qui lui est particulier, Robert Estienne a rangé les exemples par ordre alphabétique, ce qui facilite singulièrement les recherches et permet de passer en revue toute la latinité. On regrette qu'il ait omis dans la troisième édition

---

(1) En 1642, l'imprimerie royale de Paris a imprimé avec le même caractère, et dans le format grand in-f°, une magnifique édition grecque du Nouveau Testament, enrichie de gravures en taille-douce ; mais si l'on en compare l'impression à celle de Robert Estienne, on vera que l'ancienne édition, quoique exécutée plus de cent ans auparavant, lui est supérieure, et pour la fonte des caractères, et pour l'impression, et pour la sévérité du goût dans les ornements, et aussi pour la solidité du papier.

(2) En ouvrages grecs inédits, Robert Estienne a encore imprimé, dans le format in-4°, en 1545, un traité de *Moschopulus* et, en 1555, l'abrégé de *Dion* par *Xiphilin*.

(1) Le *Salluste* se vendait 3 sols; le *César* 10 sols ; le *Lucain* 3 sols ; le *Juvenal* et *Perse* 20 deniers ; le *Térence* 5 sols.

(2) « Binos annos in hoc opere dies noctesque, rei domesticæ et corporis fere negligens, ita desudavit, ut quotidie duobus prelis materiam sufficeret, et absque ope divina oneri succumbendum fuerit. » (*Preface du Dict.*)

(3) Les *Premices ou Proverbes epigrammatisés*, 1594.

la traduction française du mot latin, ainsi qu'il l'avait fait pour les deux premières éditions. En 1842, M. Villemain, ministre de l'instruction publique, d'après le plan que lui avait soumis M. Amb. Firmin Didot, l'avait encouragé à publier une nouvelle édition de ce monument littéraire, qui honore la France, et qui « *devait*, ainsi « que le porte sa lettre, en date du 24 janvier « 1842, *restituer à Robert Estienne le titre*, « *le cadre et les éléments primitifs de son ou-* « *vrage* ». M. Didot se rendit donc à Padoue pour engager M. Furlanetto, le coopérateur de Forcellini (1), à concourir avec les plus savants érudits de France à l'exécution de cette grande entreprise; mais la mort de M. l'abbé Furlanetto, qui avait commencé le travail avec l'aide de jeunes professeurs à Padoue, en ajourna l'exécution.

Robert Estienne ne mérite pas moins la reconnaissance publique pour le soin qu'il prit de composer et de publier un grand nombre de livres élémentaires pour l'instruction des enfants. Il fut secondé dans son zèle par son ami Mathurin Cordier, dont il multiplia les divers écrits, tous également destinés à l'instruction de la jeunesse, et pour lesquels il lui fournissait même des aides (2). Le nombre de grammaires latines imprimées par Robert Estienne est un sujet d'étonnement : quatorze éditions de DONAT; quatorze de DESPAUTÈRE; treize de PÉLISSON ; douze de MÉLANCHTHION ; douze de LINACRE; neuf de JUNIUS RADIRIUS; sans compter celles d'ALDE MANUCE, de NICOLAS PERROTUS, et trois de PRISCIEN. Tous ces livres de classes, imprimés avec soin, étaient vendus à un prix dont la modicité les mettait à la portée des plus pauvres écoliers (3).

Après avoir ainsi contribué, par tant d'ouvrages élémentaires composés par lui, par Érasme, Laurent Valla, Mathurin Cordier et autres, au

maintien des principes de la bonne latinité, Robert Estienne s'occupa avec autant de zèle de notre langue : il est auteur d'une très-bonne grammaire française, très-claire et très-simple, qu'il publia en 1557, qu'il réimprima en 1558, et qui fut traduite en latin, en 1558, par son fils Henri, afin, dit-il dans la préface, de faciliter dans les autres pays l'étude de la langue française; cette grammaire et la traduction furent réimprimées par son autre fils, Robert, en 1569. On doit en outre à Robert Estienne treize éditions de petits traités qu'il a composés sur les *Déclinaisons françoises*, sur la *Manière de tourner en langue françoise les verbes actifs, passifs, et les noms latins*, etc. La première édition de son Dictionnaire Latin-Français parut en 1537, et il en donna successivement quatre éditions in-folio. Il le composa, dit-il dans la préface, afin de rendre usuelles à la langue française les richesses de la langue latine, et aussi pour dévoiler les beautés de notre langue et en faire connaître les ressources trop méconnues. Son Dictionnaire Français-Latin, dont il donna six éditions, ne fut pas d'une moindre utilité (1); dans la seconde, fort augmentée, il fait appel au lecteur pour qu'il lui communique soit les mots, soit les expressions latines répondant aux expressions françaises qu'il n'a pu trouver encore *ès auteurs*, ainsi que « *les mots que tu trouveras ès rommans et bons auteurs françois, lesquels aurions omis* ». « Voilà de quoy l'avons « voulu advertir, studieux lecteur, te priant « estimer cest ouvrage n'être que commence- « ment, qui jamais ne se parfera que par diverses « personnes soigneuses et diligentes à observer « ce que et eulx et autres lisent ou parlent, dont « se dressent certaines règles tant pour l'intelli- « gence des mots que pour la droicte escripture « d'iceux, comme a esté faict pour les autheurs « grecs et latins. »

Sans adopter les bizarres systèmes d'orthographe de Sylvius (Jacques Dubois), de Meigret et de Ramus, Robert Estienne dans sa grammaire, aussi simple que claire, rapproche notre orthographe de celle de la langue latine. Voici ce qu'il dit à ce sujet « Que si en tout nous ne conten- « tons les lecteurs, principalement ceulx qui « veulent que l'escripture suyve la pronontiation, « nous n'en voulons pourtant débattre avec eulx, « ains les prions qu'en paix ils mettent peine de « mieulx faire, sans changer la plus commune « et receue escripture, pronontiation, et manière « de parler conforme au langage de nos plus « anciens, bien exercez en nostre dicte langue. « Il nous suffit de monstrer le chemin de tou- « siours mieulx faire et prouffiter à tous. »

Après la mort de François 1er, arrivée au commencement de 1547, Robert Estienne imprima l'oraison funèbre de ce prince, faite par Du-

---

(1) On s'étonne que Forcellini, qui pour son Dictionnaire, composé il est vrai sur des bases différentes, a profité du travail de Robert Estienne, n'en ait pas même fait mention dans cet ouvrage.

Aucun pays n'a, autant que la France, le droit de se glorifier des travaux de ses lexicographes : c'est à Robert Estienne et à Du Cange que le monde savant est redevable de la *Latinité* ancienne et du moyen âge et à Henri Estienne et à Du Cange qu'il doit la *Grécité* ancienne et du moyen âge. Il est regrettable que l'impression du grand Dictionnaire de l'ancienne langue française, dont la Bibliothèque impériale possède le manuscrit en 81 vol. in-4° et 15 vol. in-fol. ait été interrompue par la révolution de 1792; il eût complété la série des grands lexiques, dont le Dictionnaire de l'Académie n'est pas le monument le moins remarquable.

(2) Math. Corderii Præfatio. *In Colloq.*

(3) C'est ce que le poëte Daurat a consigné dans ces vers :

 .... Non enim tu arti tuæ
  Statuis avare et sordide
Pretium, leves quod sacculos exhauriat
  Scholasticorum pauperum :
Tuam frequentant qui tabernam plurimi,
  Plenam bonarum mercium,
Emptos ut illinc quam licet, parvo libros
  Quibus opus illis auferant...
Quod dum assequaris sumptibus, non interim
  Parcis profusioribus,
Plus publicæ rei quam domesticæ gerens,
  Curæ ac sollicitudinis.

(1) Également petit in-fol. : Paris, 1539, de 675 pages à deux colonnes, en petits caractères. Dans sa grammaire Robert Estienne renvoie souvent à ses dictionnaires.

Chastel (Castellanus), lecteur et bibliothécaire du roi, évêque de Mâcon, et peu après grand-aumônier du roi. L'évêque avait dit dans l'oraison funèbre que ce roi, *selon ce que le jugement humain peut conjecturer, est très-heureux aux cieux ou tout au moins en voie de salut.* Cette conjecture fut trouvée par la Sorbonne contraire à la doctrine de l'Église sur les flammes du purgatoire. Après avoir fait de vains efforts pour attaquer l'évêque, qui était protégé par la cour, les docteurs de la Sorbonne renouvelèrent leurs persécutions, avec plus de succès, contre l'imprimeur. Celui-ci, qui s'était vu jusque alors soutenu par la puissante faveur de François Ier, ne trouva pas un appui aussi efficace dans Henri II, prince aussi chevaleresque, il est vrai, mais esclave de courtisans avides et d'une maîtresse dévouée à la Sorbonne (1).

Le moment approchait où de plus graves persécutions allaient forcer Robert Estienne à quitter la France. Ses rapports avec les chefs de la réforme existaient déjà, et c'est du mois d'octobre 1550 que datent ses dernières impressions à Paris. Il avait fait traduire en grec par son fils Henri Estienne le catéchisme de Jean Calvin, qui parut à Genève, en 1551, sans nom d'imprimeur ni de lieu d'impression, et cette même année, tandis qu'il publiait à Paris sa magnifique édition de *Justin*, il faisait exécuter à Genève, dans une imprimerie qu'il y avait fait disposer, une édition d'un Nouveau Testament où le grec est placé entre une double version, celle de l'ancien interprète et celle d'Érasme. Il y avait ajouté un traité d'Ant. Osiander, intitulé : *Harmonia item Evangelica*, et un ample index. C'est pour la première fois que le texte y fut divisé par versets, idée heureuse, suivie généralement depuis, et qui était survenue à Robert Estienne, dit son fils Henri, pendant un voyage à cheval qu'il fit à Lyon (2).

Ses convictions religieuses, l'animosité de la Sorbonne, la protection de plus en plus défaillante du roi, une imprudente promesse de ne rien publier sans l'autorisation de la Sorbonne, promesse qu'il avait violée, forçaient Robert Estienne à ne plus différer son départ. Père de neuf enfants, tous mineurs, il commença par procéder au partage de ses biens, et mit son établissement sous leur nom, comme réalisation de l'héritage à eux revenant de leur mère, Perrette Bade, décédée; puis successivement il envoya un de ses fils, François, à Strasbourg, chez les parents de sa femme ; plus tard il confia son fils Robert à son oncle maternel Conrad Bade, qui, sous prétexte de le conduire à Troyes chez le fabricant de papier de l'imprimerie des Estienne, l'emmena à Lausanne. Son autre fils, Charles, y parvint aussi, mais par un autre moyen. Jean et Jehanne furent conduits en Suisse par une dame. Henri Estienne, l'aîné de la famille, fut déclaré mineur et en apprentissage chez les Alde, à Venise. Au moyen de ces précautions, et grâce à la bienveillance que le roi de France Henri II conserva toujours pour Robert Estienne, en souvenir de la protection que son père François Ier lui avait accordée, Charles Estienne, que protégeait le cardinal de Lorraine, put obtenir que le séquestre mis sur les biens de Robert Estienne en vertu des édits de 1540 et de 1544 (1) fût levé, et que ses neveux, qu'il déclara être tous mineurs, rentrassent dans la jouissance des biens paternels. C'est ce que nous apprennent les lettres de *rémission et de manumission* en faveur des héritiers mineurs de Robert Estienne, datées de Villers-Cotterets août 1552, qui ont été récemment découvertes (2). Elles portent que le séquestre fut levé « à condition que dedans six mois pro- « chainement venant ou plus tôt, s'ils pouvoient « sortir de la puissance de leur dit père, les en- « fants retourneroient résider dans le royaume, « et en iceluy vivroient en bons chrétiens et ca- « tholiques » (3). Le fils de Robert Estienne, Robert II, revint peu de temps après prendre la direction de l'imprimerie paternelle, et rentra dans le sein de la religion catholique; son frère

---

(1) Dans ses *Observations sur Robert et Henri Estienne*, p. 195 à 197, M. Firmin Didot fait observer que Bossuet n'avait pas craint de représenter, dans son oraison funèbre de Michel Letellier, ce ministre *chantant avec les anges l'hymne de la miséricorde;* ce qui semble bien moins orthodoxe que ce qu'on reprochait à Robert Estienne d'avoir imprimé. De Thou rapporte que lorsque la Sorbonne eut député quelques-uns des siens pour faire des remontrances au roi (qui était alors à Saint-Germain) au sujet d'une doctrine qui leur semblait une dénégation du purgatoire, ils furent reçus par Jean de Mendoza, premier maître d'hôtel du roi, lequel sut les rallier finement et à propos par ce plaisant discours : « Je sais, « leur dit-il, le sujet qui vous amène à la cour : vous êtes « en désaccord avec Du Chastel sur le lieu où est actuel- « lement l'âme du roi François, notre bon maître : je « puis vous certifier, moi qui l'ai si bien connu, cet « excellent prince, qu'il ne savait demeurer en aucun lieu, « quelque agréable et commode qu'il pût être. Soyez donc « sûrs que s'il a été en purgatoire, il n'y sera resté qu'un « moment, le temps de boire le coup de l'étrier. » (*Histoires*, livre III, année 1547, p. 185.)

(2) Le père de Robert avait dès 1509 pris la même initiative dans son *Psallerium quincuplex*, mais pour les Psaumes seulement. En 1528 Sanctes Pagnin dans sa Bible latine avait aussi placé des chiffres en marge des versets pour la prose, imitant en cela les Bibles hébraïques, *mais sans distinguer chaque verset par un alinéa.* Le clergé de France adopta unanimement le système

de Robert Estienne, et c'est ainsi que parut la belle édition donnée par Vitré en 1652, *jussu Cleri Gallicani.*

(1) L'Édit de Chateaubriant, qui rappelle les édits de François Ier, est du 27 juin 1551.

(2) Cette découverte est due à M. Stadler, de l'École des Chartes. Dans les *Annales de l'Imprimerie des Estienne*, p. 319 et suivantes, A.-A. Renouard a inséré ces lettres, qui contiennent des détails intéressants.

(3) Dans la requête adressée par Charles Estienne il est dit : « Toutes foys le dit Henry aisne trouva moyen de « s'absenter de son dit père, et alla à Venise, où il est « encore à présent, en la maison de François d'Asula et « autres héritiers de feu Alde, première maison de leur « art d'imprimerie, pour toujours s'exercer au fait d'y- « celle. » La requête ajoute que c'est à l'exemple et sur les conseils de Henri que Robert a quitté son père pour revenir à Paris; que quant à Charles, il n'a pu échapper à la vigilance paternelle, et qu'il en est tombé malade. On voit avec quelle habileté les faits sont présentés et même altérés par l'oncle tuteur pour obtenir la main-levée du séquestre.

Charles, qui mourut jeune, en fit autant.

Robert Estienne, fixé à Genève dès 1551, y imprima une édition gréco-latine du Nouveau Testament, et donna bientôt une grande extension à son imprimerie, consacrée désormais plus particulièrement à la propagation des doctrines de la Réforme. Genève se glorifia de le compter parmi ses concitoyens, et lui accorda en 1556 le droit de bourgeoisie ; par ce don gratuit elle voulut témoigner l'estime qu'elle faisait de son caractère et de son mérite.

Expliquer les longs démêlés de Robert sur des points de théologie qui divisaient les évêques eux-mêmes et la Sorbonne, dont les docteurs n'étaient pas même d'accord entre eux, serait aussi long que difficile et nous entraînerait trop loin. Mais cette querelle nous a été racontée par Robert lui-même dans son écrit intitulé : *Les Censures des Théologiens de Paris, par lesquelles ils avoient faussement condamné les Bibles imprimées par Robert Estienne* (1). Le résumé que nous en donnons, dégagé en partie de ce que la passion offre d'exagéré dans les expressions, souvent satiriques, nous fait assister à cette longue lutte, dans laquelle le pouvoir royal dut souvent intervenir pour protéger l'imprimeur. Bien qu'on n'y entende que la voix de Robert Estienne, les documents authentiques que contient cet écrit et le caractère religieux de son auteur attestent qu'il doit être conforme à la vérité.

Robert Estienne commence par faire connaître quel est le motif qui l'oblige à le publier :

Je veux, dit-il, me justifier du reproche d'avoir quitté mon pays au dommage du bien public et pour n'avoir reconnu la grande libéralité dont le roi avoit usé envers moi. Car ce m'étoit chose fort honorable, que le roi, m'ayant bien daigné constituer son imprimeur, m'a toujours tenu en sa protection à l'encontre de tous mes envieux et malveillants, et n'a cessé de me secourir benignement en toutes sortes. Or, d'autant que par plusieurs années je m'étois bien et utilement employé aux bonnes lettres, ce n'a point été chose décente de rompre témérairement ce cours et sans bien grande nécessité.....

Pour le commencement, je suis contraint de dire ce que je sens en mon cœur : c'est que toutes et quantes fois que je réduis en mémoire la guerre que j'ai eue avec la Sorbonne par l'espace de vingt ans ou environ, je ne me puis assez émerveiller comment une si petite et si caduque personne, comme je suis, a eu force pour la soutenir.... Quand on me voyoit agité de toutes parts, combien de fois on a fait le bruit de moi par les places et par les banquets, avec applaudissement : *C'en est fait de lui : il est prins, il est enfilé par les théologiens. Il ne peut échapper : quand même le roi le voudroit sauver, il ne le pourroit....* Le Seigneur doit donc être béni, lequel ne nous a point abandonné en proie à leurs dents. Notre âme est échappée comme l'oiseau des lacs des pipeurs : le lac est rompu, et nous sommes échappés.... En quoi je dois célébrer à pleine bouche la bonté de Dieu, qui m'a retiré miraculeusement de la gueule de ces loups affamés et enragés. J'estime donc que ce sera chose convenable de manifester tous les pièges, filets et lacs de mes ennemis par lesquels ils se sont efforcés de m'envelopper

Premièrement qu'avois-je fait ? Quelle étoit mon iniquité ? Quelle offense avois-je faite pour me persécuter jusques au feu, quand les grandes flammes furent par eux allumées, tellement que tout estoit embrasé en notre ville l'an 1552, sinon pour ce que j'avoie osé imprimer la Bible en grand volume, en laquelle toutes gens de bien et de lettres connoissent ma fidélité et diligence. Et ce avois-je fait par la permission et conseil des plus anciens de leur Collége, dont le privilège du roi rendoit bon témoignage, lequel je n'eusse jamais impétré, si je n'eusse fait apparoître qu'il plaisoit ainsi à messieurs nos maistres. Eux, toutefoys, me demandoient pour me faire exécuter à mort : criant sans fin et sans mesure à leur façon accoutumée que j'avois corrompu la Bible. C'estoit fait de moi, si le Seigneur ne m'eût aidé pour montrer de bonne heure que j'avois ce fait par leur autorité.

Robert Estienne rappelle le péril qu'il avait déjà couru dès sa jeunesse en 1523....

Lorsque le Nouveau Testament fut imprimé en petite forme, par mon beau-père, Simon de Colines, qui le rendit bien net et correct et en belle lettre (c'estoit alors une chose bien nouvelle, vu la malignité de ce temps-là, que de trouver des livres de la Sainte Escripture corrects), et d'autant que j'avoie la charge de l'imprimerie, quelles tragédies esmurent-ils contre moi ? Ils crioient dès lors qu'il me falloit envoyer au feu, pour ce que j'imprimois des livres si corrompus : car ils appeloient corruption tout ce qui estoit purifié de cette bourbe commune à laquelle ils estoient accoutumés.

Reprenant magistralement et aigrement le jeune homme, et toutefois étant eux-mêmes bons témoins de leur propre ignorance, ne l'osèrent jamais assaillir ouvertement...

En ce temps-là (je puis dire ceci à la vérité), comme je leur demandois en quel endroit du Nouveau Testament étoit écrit quelque chose, me répondoient qu'ils l'avoient lu en saint Jérôme ou ès Decréts. Mais ils ne savoient que c'étoit du Nouveau Testament ; ne sachant pas qu'on étoit accoutumé de l'imprimer après le Vieil. Ce sera chose quasi prodigieuse de ce que je vais dire, et toutefois il n'y a rien de plus vrai, et est tout prouvé, qu'il n'y a pas longtemps un de leur Collége disoit journellement : *Je suis ébahi de ce que ces jeunes gens nous alléguent le Nouveau Testament : per diem j'avoie plus de cinquante ans que je ne savoie que c'estoit du Nouveau Testament* (1).

---

(1) L'édition en français, sans nom de lieu, porte la date du 13 juin 1552. L'olivier des Estienne est aussi sur le titre de l'édition latine, qui porte la date du 23 juin de la même année.

Cet écrit, qui a précédé de plus de cent ans l'apparition des *Provinciales* de Pascal, est un des morceaux les plus remarquables de notre langue, et sous ce rapport doit être placé parmi nos chefs-d'œuvre littéraire. Il est devenu presque introuvable. Heureusement il a été reproduit par M. A.-A. Renouard dans ses *Annales des Estienne*, excellent et laborieux travail, digne complément des *Annales des Alde*, dont on lui est redevable. Voir aussi, dans le *Journal des Savants*, années 1840 et 1841, les observations, aussi savantes que judicieuses, de M. Magnin sur les Estienne.

(1) L'étude du grec était non-seulement négligée, mais même réprouvée, sans doute à cause du schisme qui divisa les deux Églises. Il en était de même pour le clergé grec à l'égard de la langue latine, la nation grecque ayant

Sept ans passés, l'an 1540, j'imprimai de rechef la Bible, en laquelle je restituai beaucoup de passages sur l'original d'une copie ancienne, notant en la marge la vraie lecture convenant avec les livres hébreux, ajoutant aussi le nom du manuscrit. Et lors de rechef furent allumées nouvelles flammes : car ces prudhommes de censeurs se dégorgèrent à outrance contre tout le livre, auquel ils ne trouvoient la moindre chose qui fût à reprendre ni qu'ils pussent eux-mêmes rédarguer, sinon aux sommaires, disant en leurs censures qu'ils sentoient l'hérésie. Quoique intimidé par leurs outrageuses menaces, j'imprimai pour la seconde fois les Commandements et la Somme de l'Écriture, chacun en une feuille de belles et grosses lettres pour les attacher contre les parois. Qui est-ce qui ne cognoist les fâcheries qu'ils m'ont faites pour cela ! Combien de temps m'a-t-il fallu absenter de ma maison ! Combien de temps ay-je suivi la cour du roi ! duquel à la fin obtins lettres pour réprimer leur forcennerie, par lesquelles il m'étoit enjoint d'imprimer lesdits Commandements et sommaires tant en latin comme en françois. Combien de fois m'ont-ils appelé en leur Synagogue pour iceux, criant contre moi qu'ils contenoient une doctrine pire que celle de Luther ! Toutefois, le Seigneur mena par moi cette affaire jusque là qu'il y en eut plus de quinze, des plus apparents maîtres de leur collège, qui approuvèrent manifestement par leurs signets ce que toute la troupe avoit réprouvé. Finalement, quand ils virent les signets de ces vieillards et le privilége du roi, ou étant abattus de honte, ou voyant qu'ils résistoient en vain, souffrirent qu'ils fussent approuvés par leurs députés en la maison de leur bedeau ; car ils ont accoutumé pour soulager la Faculté, comme ils disent (laquelle ne se peut aisément assembler en si grand nombre, parce que le nombre de ces bourdons croist de jour en jour), de créer certains députés, et aussi afin d'épargner l'argent qu'il faudroit distribuer à un chacun d'eux quand ils seroient assemblés : mais la principale est afin que ceux qui approuvoient ce qu'ils veulent condamner n'y soient présents. Or, les députés jurent de céler les secrets, de peur qu'on ne fasse quelque opposition qui les arrête. Et par ce moyen il advient que leurs résolutions et décrets, quelque injustes et barbares qu'ils soient, sont approuvés sans difficulté par toute la troupe, qui ne sçait ce que c'est : joint aussi que plusieurs ne font nul doute de souscrire contre leur propre conscience, de peur qu'ils ne soient mis hors de la synagogue. Ce sont ceux-là, dis-je, ce sont ces députés qui donnent sentence à leur appétit, sans en être repris ni punis, contre les innocents : ils les envoyent au feu, ils baillent leur sentence aux juges, c'est toutefois au nom de la Faculté : et les juges, sans s'enquérir plus outre, se contentent de l'autorité d'icelle. Ainsi les pauvres innocents et fidèles étant opprimés par le premier jugement de peu de gens, sont traînés au feu. C'est bien une vive image de la licence et domination pharisaïque, laquelle nous est récitée en l'Evangile. Qui est-ce qui ne sait que Pilate a condamné notre Sauveur à la croix contre sa conscience, étant abattu par la rage et cruauté des scribes et des sacrificateurs ?

la même répulsion pour elle, par haine religieuse contre ceux qu'ils traitent de schismatiques. « Dans mon enfance, dit Érasme, l'Allemagne était encore plongée « dans la barbarie : savoir le grec était une hérésie. » *Responsio ad Petri Cursii Defensionem*, etc. Voyez plus haut l'article ÉRASME.

Robert Estienne rappelle leur partialité envers Jehan André (1),

leur suppôt entre toutes leurs trahisons et fort bon soufflet pour inciter à dresser calomnies, et le plus âpre bourreau en cruauté qui fût oncques, et qu'ils n'ont point eu honte d'admettre en leur secret conseil. C'est lui qui avoit imprimé et mutilé les dix Commandements de Dieu, ôtant la prohibition, qui est expresse, *de former et adorer les images*, et pour remplacer ce commandement déchirant en deux moitiés le dernier commandement, afin de parfaire la dixaine (2).

Cependant, pour ce que je leur estoye suspect d'hérésie, comme ils disent, combien de fois ma maison a-t-elle été fouillée par les juges, à leur instigation, pour voir si on y trouveroit quelques livres suspects ! Après cela, environ l'an 1541, j'imprimai le Nouveau Testament avec brièves annotations que j'ajoutai à la marge, lesquelles j'avoie eues de gens bien savants. Pour le commencement le livre fut joyeusement reçu : et sçai combien ils s'en sont aidés. Un peu après aucuns d'entre eux crioient en chaire impudemment, sans m'épargner ne céler mon nom, que j'avoie imprimé des annotations bien dangereuses, parce que j'exposois autrement les passages du purgatoire et de la confession qu'ils n'avoient accoutumé ; que j'étoie un fin homme et cauteleux de semer les herésies sous l'ombre d'utilité publique. Leurs crieries accoutumées furent telles que pour la troisième fois je fus contraint de me cacher. A la fin, ayant repris courage, après que cette tempête fût un peu appaisée, j'imprimai encore une fois ces mêmes annotations, y changeant quelque peu et y ajoutant beaucoup. Incontinent, Gagney, Picard et Guyancourt, qui étoient des premiers de ce saint ordre, firent beau bruit. Or, pour en venir au dernier acte de ce jeu, auquel je montrerai comment ils ont toujours été rebelles au Roi et à ses mandements et édits (afin que le fruit des leçons hébraïques que le roi François de Valois avoit publiquement instituées parvînt à plusieurs non-seulement de notre nation, mais aussi des étrangers), je recueillis avec grand labeur et veilles extrêmes, en diligence soigneuse et attentive, ce que les savants auditeurs de Vatable, jadis professeur du roi, homme très-savant ès lettres hébraïques, avoient retiré de ses leçons, et l'assemblai en un volume, ajoutant la nouvelle translation de la Bible vis-à-vis de l'ancienne. Cet œuvre fut parachevé l'an 1545, lequel communiquai incontinent aux plus savants de la synagogue, et leur priai que s'ils appercevoient chose qui ne fût recueillie à propos, qu'ils m'en ad-

(1) Jean André et Jacques Nivert, suppôts du président Lyset, qui depuis fut abbé de Saint-Victor, avaient mission de lui pour espionner et dénoncer ceux qui étaient soupçonnés d'hérésie. Jean André, non moins avide que cruel, si l'on en croit la lettre de Martin Passavant à Pierre Lyset insérée dans les *Epistolæ obscurorum Virorum*, répétait sans cesse de veiller à ce que Robert ne pût échapper :

« Ego vidi illum maledictum hereticum Robertum, qui nobis est tam bene elapsus. Perdiem (sicut dicit David), vos bene dicebatis : *Cavete bene, ipse evadet vobis ;* et defunctus Johannes Andreas, qui sperabat maritare filias suas de bonis ipsius, ut erat zelotissimus fidel catholicæ, bene clamabat semper quod fugeret. »

(2) Ce deni on faisait un crime à Robert Estienne, c'était d'avoir, au second commandement de Dieu : *Non habebis deos alienos coram me, non facies tibi sculptihile*, ajouté ces trois mots, qui sont au Lévitique, XXVI, 1 : *ut adores illud.* L'altération que cet André avait apportée aux Commandements était bien autrement grave.

vertissent ; promettant de le raccoûtrer. Ils me le renvoient et me mandent que tout est bien, en tant qu'ils ne croyoient pas que facilement pût sortir quelque chose de mauvais des leçons publiques de Vatable. Dont je fus fort aise de n'être point empêché par eux que mon labeur ne portât aucun profit à ceux qui sont adonnés à l'étude des Saintes Écritures.

Quand Satan voit que par la lecture de ces dites annotations les fausses expositions s'en vont bas, il émeut plusieurs de leur bande contre moi, disant qu'il ne falloit plus que ces Bibles fussent vendues avec les annotations ; qu'il y avoit danger que la majesté de la sacrée Faculté fût détruite. Lors fus averti en secret par aucuns qui ne sont pas des pires, d'aviser à moi, et me donner garde. Il se fait un grand bruit entre eux que j'ai imprimé icelle sans avoir permission de la Faculté, à laquelle me falloit soumettre, encore que je fusse imprimeur du roi. Devant que combattre de plus près, au danger de ma vie, je m'en allai auprès du roi François pour résister à ces commencements.

Après lui avoir présenté un volume grec d'Eusèbe, j'avertis monsieur Castellan, alors évêque de Mâcon, que les théologiens semoient tacitement quelque bruit contre moi et que de brief persuaderoient ou à la cour du parlement ou au lieutenant de me faire défense de vendre plus les Bibles avec les annotations. Quand je vis ce personnage par trop timide en une si bonne cause, je lui dis que j'imprimerois volontiers à la fin des Bibles toutes les fautes que les théologiens avoient trouvées, avec leur censure, que je n'en aurois point de honte, ne me gréveroit point : ce conseil lui plut, et même au roi, lequel tout incontinent commanda à Castellan d'écrire en son nom aux théologiens qu'ils lussent d'un bout à l'autre les Bibles imprimées avec les annotations par son Imprimeur ; et s'il y avoit quelque chose qui ne leur plût, de le noter à part, et que à chaque faute ils écrivissent la cause de leur jugement : qu'après cela ils me baillassent le tout à imprimer pour le vendre avec les Bibles ou à part. Castellan leur écrivit aussitôt ; ils lui répondirent qu'ils feroient tout ce que le Roi avoit commandé. (*Suit la lettre*).

Or, combien qu'ils eussent promis de ce faire, toutefois ils n'en firent rien, et sollicitèrent tincment les théologiens de Louvain pour leur faire entrelacer mes Bibles en leur catalogue des livres suspects et hérétiques, car ils ne l'eussent osé faire de leur part, et montrer qu'il n'étoit jà besoin de prendre cette peine qui leur estoit enjointe par le roi.

Dans la lettre que Castellan leur écrivit pour la troisième fois pour leur reprocher ces délais, il leur mande : « La volonté du roi ne requérant « de vous que chose fort équitable, en la cause « de Robert Estienne, j'ai estimé qu'il ne vous « en faudroit point parler davantage. Même le « roi estoit persuadé par moi que quand les « fautes de la table et des arguments seroient « corrigées, et qu'on auroit marqué ès annota- « tions ce qui peut offenser, aussi touché le reste « où il peut avoir quelque cachette de malice ou « incommode suspicion, que le reste se pourroit « tellement expédier que les livres pourroient « être publiquement reçus tant sous l'assurance « du roi que sous votre censure. Mais mainte-

« nant je ne dirai point l'intermission du temps, « c'est plutôt une longueur dont vous usez à « donner votre jugement, et comme une dilation « de bailler vos opinions ; et puis, ce qui est en- « trevenu par la censure des théologiens de Lou- « vain a fait soupçonner aucuns, et craindre « que vous ne vouliez rejetter le vieil conseil, « c'est-à-dire du roi, pour user de quelque nou- « veau moyen en une chose déjà envieillie, etc. »

Or, pource qu'ils vouloient que le catalogue des théologiens de Louvain fût imprimé, le roi, en estant averti, leur écrivit incontinent, le 27 octobre, en cette manière.

« ..... A cette cause nous vous défendons très- « expressément que vous n'ayez à faire imprimer le « dit catalogue, mais procédiez à la correction des « fautes de la dite Bible le plus promptement.... etc. »

Quand Castellan voit qu'on ne profite rien envers eux et qu'ils ne veulent point satisfaire à leurs promesses, il les exhorte de rechef. A la fin estant contraints, ils envoyèrent quinze passages qu'ils avoient notés. Après qu'il les eust conférés avec Gagney, il les renvoya avec une épitre assez longue, en laquelle il leur bailloit le moyen de procéder à telles corrections, afin qu'ils amendassent le reste selon l'exemple qu'il leur envoyoit. Il y avoit en la dite épitre beaucoup de choses de l'utilité des annotations, comme je sais, qui les faschoient et pressoient fort. Après que le roi eust senti que c'estoient gens de si dur col, qu'on ne les pourroit faire fléchir, ne dompter leur obstination, et qu'ils vouloient soutenir leur rage jusqu'au bout, se contentant de dire, *Cela est hérétique*, et *qu'on s'en rapporte à eux*, le 26 d'octobre il leur envoya Lettres patentes scellées de son sceau, par lesquelles il leur commanda étroitement, y ajoutant menaces, qu'ils eussent à parachever leurs censures et à me les bailler pour imprimer. Toutefois, ils n'en tinrent compte, ains exprès méprisèrent le commandement, et encore estant ainsi désobéissants et rebelles disent-ils que l'état du royaume ne peut estre paisible, sinon qu'ils aient en leur coustume une licence débordée à faire ce qui leur plait. — Toutefois, c'est au roi de voir comment son peuple lui sera obéissant tant qu'il aura de tels maitres.

Cependant, le roi François va de vie au trépas, auquel Henri son fils succède, qui, en l'an 1547, le seizième jour d'août, an premier an de son règne, leur envoya lettres patentes contenant ce qui suit :

— « Comme ainsi soit que les maîtres doyen et « docteurs de la Faculté de Théologie en notre « université de Paris, n'auroient pas tenu grand « compte de ce que notre feu seigneur et père leur « auroit mandé touchant les Bibles de notre im- « primeur Robert Estienne, et encore moins en au- « roient tenu compte depuis le trépas de notre dit feu « seigneur et père : pour ce est-il que nous te man- « dons, huissier, et commettons par les présentes, « que tu fasses très-exprès commandement, de par « nous, aux dits maîtres doyen et docteurs, sur cer- « taines grandes peines à nous à appliquer, qu'in- « continent et sans aucune discontinuation ils para- « chèvent de voir et noter ce qu'ils verront estre à « noter et reprendre ès dites Bibles, soit grandes ou « petites, si fait ne l'ont : et si fait est, ou inconti- « nent qu'il sera fait, baillent à notre dit imprimeur « leurs notes et censures ou corrections, pour les « imprimer en leur nom, mettre au-devant ou « derrière des dites Bibles, ainsi qu'ils auront avisé

« pour le mieux. Et en cas de refus ou délai, les
« ajourner en personne à certain jour et compé-
« tent par-devant nous, en notre privé conseil,
« pour en dire les causes, répondre à notre pro-
« cureur à telles demandes, requêtes et conclusions
« qu'il voudra sur ce, et les dépendances contre eux
« prendre et élire et procéder comme de raison. »

Quatre jours après, qui fut le 22e jour d'août
en suivant, ayant répondu qu'ils me bailleroient
dans la fête de Toussaint les censures des erreurs
et hérésies qu'ils avoient recueillies en nos Bibles,
ils se moquent du roi, comme ils avoient coutume,
et comme s'ils n'eussent été nullement astreints à
leur promesse. Au jour assigné, comme je m'en
estois allé à la cour, quelques-uns de leur collège y vinrent secrètement, me voulant opprimer
à la dépourvue. Au lieu des articles, ils présente-
rent une requête, par laquelle ils requéroient que
défenses me fussent faites de vendre les Bibles
pource que j'estois sacramentaire, et avois en icelles
escrit que les âmes estoient mortelles (1). Et certes, il
ne s'en fallut guères qu'ils ne le persuadassent à
aucuns qui estoient d'eux-mêmes trop crédules : sinon qu'un ou deux d'entre eux, plus équitables et
de meilleur jugement que les autres, requirent que
j'en fusse averti et que j'en répondisse en leur présence. Quand j'entends ces choses et que je me
tiens prêt à comparoître devant le roi et son conseil estroit, pour me purger des calomnies de ces
gens-ci, ils s'en estoient déjà refuis à Paris. Toutefois, je poursuis et montre à Castellan, ensemble au
roi, comment tout ce qu'ils me mettoient à sus
estoit faux et impudemment controuvé. Cependant
que je fais ces choses, on met en avant en leur
nom quelques articles avec leurs censures, lesquels
je collationnai avec les Bibles par moi imprimées.
Quels ils étoient les lecteurs le connoîtront.

Suit la censure, et la réplique de Robert aux
censures. Dans de telles matières un laïc ne
peut émettre d'opinion. Il semble au point de
vue actuel que les réponses de Robert Estienne
sont plausibles ; mais dans ces questions si ardues
il convient de tenir compte de la manière dont les
théologiens de la Sorbonne comprenaient au seizième siècle plusieurs points au sujet desquels
les Pères de l'Église sont quelquefois en désaccord. La tolérance serait sans doute plus grande
aujourd'hui ; mais les esprits étaient excités de
part et d'autre, les partis étaient en présence, et la
lutte devait se terminer par la Saint-Barthélemy.

Robert Estienne ajoute qu'on ne put obtenir
des docteurs que des réponses dilatoires, et qu'il
revint à Paris salué, même par ses amis, comme
un *sacramentaire et un athéiste, ayant écrit
que les âmes sont mortelles.*

« Je le nie bien fort, dit Robert Estienne, et leur

(1) Pour avoir paraphasé ce passage de Platon dans
l'Axiochus : *et après la mort tu ne seras plus*, Dolet fut
brûlé sur la Place Maubert, le 3 août 1546 ; il avait traduit,
et après la mort tu ne seras RIEN DU TOUT. Or, il ne
s'agissait pas d'une interprétation de la *Bible*, mais d'une
interprétation de Platon ; et c'est pour l'avoir cru rendre
plus claire que Dolet fut condamné. Heureusement que
de nos jours les traducteurs de Platon et d'Aristote ne
sont pas exposés à de pareils périls.

On voit par cet exemple à quel danger Robert Estienne
était exposé par un pareil système de *tendances* et de *subtilités* appliqué à des TEXTES SACRÉS.

demande s'ils n'ont point de honte. Ils affirment
que leur dire est vrai : au contraire, je leur nie,
et les prie de me produire le passage d'où ils avoient
tiré un tel article. Quand ils me l'eurent produit, je
montre évidemment à tous qu'ils n'avoient point
entendu latin, d'avoir forgé un tel article et si
méchant, de paroles qui en rien ne sonnoient telle
chose. Mais tant s'en fallut qu'ils eussent honte
de leur ignorance, que plutôt ils s'en glorifioient.
O beaux théologiens, ou plutôt loups détruisants
le troupeau du Seigneur !

Je retourne à la cour : je demande qu'eux présents,
disent ce qu'ils ont à l'encontre de moi, et qu'ils
produisent le reste de leurs articles. Estant contraints,
ils viennent dix, s'il m'en souvient bien, entre lesquels estoit Odoard, leur orateur, Picard et de Govea l'ancien. Ils entrent au conseil étroit, qui estoit
assemblé en beaucoup plus grand nombre que de
coutume ; car tous les cardinaux et évêques suivant la cour y estoient ; le connestable, second
après le roi, et le chancelier.

Ces dix, au nom de tous, me donnent le combat à
moi seul. Après que commandement leur est fait,
ils produisent leurs articles ou erreurs, si vous ai-
mez mieux les appeler ainsi. Ayant débattu beaucoup de choses, avec grande risée de toute l'assis-
tance, à cause de leurs noises tumultueuses, pour
ce qu'ils discordoient ensemble et estoient si enflammés l'un contre l'autre et avoient débat entre
eux-mêmes, il me fut commandé de répondre sur-
le-champ et parler pour moi. Je crois qu'en ma défense l'objurgation dont j'usoie sembla bien dure à
ces dix ambassadeurs : toutefois, la vérité de la chose
contraindit aucuns d'entre eux de témoigner que
nos annotations estoient fort utiles. Après que nous
eûmes esté ouïs d'une part et d'autre, on nous fit
retirer dans une chambre qui estoit prochaine. Là
vous eussiez vu une pauvre brebis abandonnée au
milieu de dix loups... Nous sommes rappelés pour
ouïr la sentence des juges.

Il leur est prohibé et défendu expressément de
n'usurper plus en la matière de la foi le droit de
censurer, appartenant aux évêques : que c'estoit bien
assez si les évêques les appeloient quelquefois en
conseil, pour avoir leur opinion.

Les articles sont baillés aux évêques et cardinaux : commandement leur est fait de les examiner diligemment, et ce que jugeroient estre corrompu, qu'ils me le bailleroient pour imprimer à
part, ou derrière les Bibles, afin que par ce moyen
les Lecteurs se donnassent garde, en suivant ce que
les rois François Ier et Henri II avoient commandé.
Quand les orateurs ouïrent ces choses, ils murmuroient et frémissoient entre eux que toute l'autorité qu'ils avoient leur fût ôtée. Tous ceux qui
estoient là présents testifioient qu'estant sortis ils
pleuroient : mais leur patron les tira à part, et leur
dit : *Poursuivez comme vous avez fait jusqu'à
présent : votre autorité ne vous est point du tout
ôtée ; parachevez le reste des articles, mettez-y
votre censure, et l'apportez.*

Estant de retour à Paris, ils vont à Notre-Dame :
ils prêchent. J'estois derrière le prêcheur, sans
qu'ils en sussent rien ; et esperoie bien qu'on ne
diroit plus mot du reste des articles. Ils firent tant
que pour un temps la vendition des Bibles cessa.
Les évêques et cardinaux conférèrent entre eux les
articles qu'ils avoient reçus, lesquels articles estoient
en nombre quarante-six. On divulgue partout la
cour qu'il n'y a nul mal, sinon que par aventure
il y en avoit cinq ou six qui estoient sujets à ca-

lonnie , que le reste estoit tolérable et catholique.

Entendant ces choses, je sollicite et presse, autant que le Seigneur me donnoit de moyen , que le reste fût envoyé. Le roi commande de rechef qu'ils les apportent , réitérant commandement, et les menaçant sous peines. Voyez leur obstination désespérée : ils reculent autant qu'ils peuvent , pensant en eux-mêmes : *Si les évêques et cardinaux ont fait un tel jugement des premiers articles, que pourrons-nous attendre des seconds ?* Toutefois ils disoient dans leurs écoles et en leurs banquets que les évêques et cardinaux n'entendoient rien en théologie. Par quoi ils essayent tous moyens à eux possibles ; ils supplient et de rechef promettent qu'ils feront tout ce qu'on voudra, pourvu qu'ils ne soient contraints de suivre la cour pour ce qu'il y faut faire trop grande dépense et y a beaucoup de choses trop molestes à gens qui ne sont point courtisans. Le second point de leur demande estoit que le roi baillât le reste des articles, qu'ils avoient parachevés, à examiner aux juges de la chambre ardente, qui pour lors connoissoit des causes des hérétiques. Voilà les lacs dans lesquels ils pensoient m'envelopper, ou plutôt la fosse où ils me vouloient faire tomber, car on sait avec quelle cruauté et bourrellerie Lyset et ses complices ont exercé.

Quand quelqu'un (du nom duquel je me tais, et pour cause) leur eut accordé ce qu'ils demandoient, je suis destiné au sacrifice, sans que le roi en sçût rien. On baille lettres cachetées , par lesquelles ma cause est renvoyée à ces juges, lesquels, encore qu'ils n'eussent point été méchants, toutefois en cela m'eussent été très-iniques pour ce qu'ils condamnoient hardiment tout ce que les théologiens prononçoient devoir être condamné. Que pouvois-je attendre de ces juges! J'essaye donc les moyens de faire retenir ma cause au conseil étroit ; et demeurai huit mois entiers à la cour à cette poursuite. A la fin, le Seigneur eut pitié de moi et fléchit le cœur du roi envers moi, et me réconcilia à son conseil privé tellement qu'aucun de ceux qui avoient esté fort envenimés contre moi par ces bons Pères se rendirent plus cléments : car le roi estant à Bourg en Bresse, sur son partement pour aller à Turin (mai 1548), me furent de lui octroyées lettres par l'ordonnance de son conseil étroit, auquel princes et grands seigneurs se trouvèrent, et entre autres aucuns de la faveur de laquelle la Sorbonne se fiait fort.

Suit la teneur des lettres interdisant la communication des censures de la Bible de Robert Estienne à la chambre établie en fait d'Hérésie, et réitérant la demande de donner communication de ces censures, et injonction expresse d'avertir le roi de ce qui aura été fait en cela.

Depuis que, par la miséricorde de Dieu , je fus délivré de ces lacs et trébuchets, qu'est-ce que je ne fis pour retirer d'eux ces articles? Toutefois, rien moins ; car ils s'estoient opiniâtrés de ne bailler le reste des articles, s'il y avoit moyen d'échapper en quelque manière que ce fût, et que je fusse condamné comme méchant et hérétique. Mais quand ils furent amenés à cette extrémité sinon de vouloir estre condamnés comme rebelles à la majesté royale, ils envoyèrent ce qui restoit, à Lyon, par les mains de Tavernier et Ruffi, et pour ce qu'ils ne me trouvèrent point là , ils dirent qu'ils ne l'avoient point et le reportèrent à leurs gens. Cependant que cela se fait, la sacrée Faculté sollicite ce

bon prudhomme Guyancourt, qui pour lors estoit confesseur du roi , afin qu'il s'employât vaillamment et âprement à me combattre. Ils mandèrent entre autres choses : « Avisez que nous ne soyons « contraints de bailler le reste des articles contre Ro« bert Estienne , mais plutôt qu'il soit condamné « comme hérétique. Comment, qu'il soit dit qu'un « homme mécanique ait vaincu le collège des théo« logiens ! » Et à la fin des lettres (je les ai vues et lues , et l'ai raconté même à Guyancourt, qui le dissimuloit), il y avoit de rechef écrit : *Surtout voyez que Robert Estienne ne vainque*.

Robert Estienne raconte que Guyancourt trouva moyen d'obtenir des lettres du roi qui défendaient la vente des Bibles, à la condition toutefois que les théologiens signaleraient les articles depuis si longtemps attendus.

M'estant rendu à Lyon, dit-il, pour remercier le cardinal de Guise de l'humanité qu'il m'avoit montrée à Boarg en Bresse, il m'avertit en grande compagnie de gentilshommes du changement qui estoit advenu. Et quand je lui demandai s'il n'y avoit nul remède, il me répondit : *Nul*. Je fus bien triste, et lui dis adieu et au pays. Je m'en allai vers Castellan lui raconter ces choses, et lui dis le dernier adieu , voyant qu'il me falloit quitter le pays : car je savois bien où tendoit ce préjudice. Toutefois, en sortant de sa maison je le priai bien fort qu'il lui plût savoir du roi ce que cela vouloit dire. Ce qu'il m'accorda à bien grande difficulté, et le fit à regret ; et de fait il y avoit cause de le refuser. Toutefois, le jour d'après l'entrée du roi à Lyon, en laquelle il fut reçu en si grand appareil, il demanda au roi si c'avoit esté son intention d'accorder aux théologiens que les Bibles imprimées par son imprimeur fussent supprimées. Le roi dit qu'il leur avoit octroyé d'autant qu'ils lui avoient persuadé que j'estois un homme plus pernicieux que nul hérétique ; toutefois, qu'il ne leur avoit point octroyé à autre condition qu'en produisant les articles qu'on leur avoit tant de fois demandés. Castellan poursuit, et déclare au roi par assez long propos comment j'estois contraint d'abandonner le pays ; que la nature des théologiens estoit telle de poursuivre jusqu'à la mort ceux auxquels ils se sont attachés. Lors le roi répondit que pour cela il ne me falloit point laisser le pays , seulement que je me donnasse garde à l'avenir ; ajoutant que j'eusse bon courage et que je poursuivisse comme de coutume à faire mon devoir, à orner et embellir son Imprinerie.

Quand ces choses me furent annoncées, je m'arrête. Cependant les théologiens ne disent mot et ne divulguent point leurs lettres , ce dont je m'émerveillois : mais je sais bien qu'ils les eussent divulguées, n'eût esté qu'elles faisoient mention de produire les articles. Guyancourt (comme il est fin renard), dissimulant cauteleusement ces choses, suborna Senalis, évêque d'Avranches, pour m'admonester par douces paroles de rentrer en grâce avec les Théologiens ; que cela m'estoit beaucoup plus utile que d'estre si longtemps absent de ma maison, et qu'il ne me falloit point espérer d'avoir victoire contre un collège si saint. A cela je répondis que je ne pensois ne de victoire ne de triomphe aucun, que tant seulement ils obéissent au roi et produisissent les articles. Là-dessus il me dit qu'il ne falloit point attendre à cela, et qu'ils ne le feroient jamais : parce que les théologiens n'ont point accoutumé de montrer par écrit ce qu'ils jugent estre hérétique, mais seulement de parole, à laquelle il faut croire; car autrement il n'y auroit jamais fin d'escrire. Nous départîmes ainsi. Le lendemain vinrent ses serviteurs, qui m'exhortèrent fort d'obéir à l'admonition de leur maître. — Je m'y accordai; car j'avois bonne souvenance de ce qu'aucuns d'eux avoient entrepris à l'encontre du roi François Ier, pour ce qu'il ne s'accordoit point du tout à leurs impiétés. Ils savent bien ce que je veux dire. Il est vrai que lors ils furent doucement châtiés par un bannissement.

Je m'en vins donc à Senalis, et lui dis que je veux écrire aux théologiens, que nous laissions couler le passé; que ci-après je ne ferai rien sans leur conseil. Ils écoutent volontiers ce propos, me congratulant de ce que j'avois telle volonté. Il me prie de parler avec Guyancourt. Je le fais. Le prud'homme Guyancourt approuve bien mon conseil, et me promet que par ce moyen tout sera appaisé. Il prend la charge lui-même de porter mes lettres; car il ne demandoit autre chose que d'avoir lettres de moi pour me tenir lié à ce qu'il ne fût plus besoin de produire les articles. Et moi, voulant échapper ses filets, feignis d'avoir jà écrit. Ils viennent tous deux à la cour. Le bruit est que le roi a commandé qu'on délivrât à Robert Estienne mille et cinq cents écus pour récompense des dommages qu'il avoit soufferts. Lors quels troubles émeurent-ils! Qu'on donnoit loyer aux méchants à mal faire.

A la fin, par leurs remontrances, clameurs et persuasions, obtinrent ce que je désirois (car je puis dire à la vérité que mon esprit a toujours été libre; je n'ai jamais servi à l'argent, le Seigneur m'a accoutumé aux labeurs comme l'oiseau au vol;) c'était qu'on ne me baillât point d'argent. Le roi leur accorda; toutefois, il me promit qu'il seroit une autre fois plus libéral envers moi, et me feroit bien plus de bien que cela. Je lui rendis grâce, le priant tant seulement de m'être protecteur à l'encontre de mes adversaires, et que j'aime mieux sa faveur et protection que nul argent. Cela me fut octroyé, Dieu merci; mais pour avoir mes lettres par lesquelles je pusse certifier aux adversaires le bon vouloir du roi envers moi, il me fallut employer peines et fâcheries incroyables par l'espace de trois mois, tant avoit de puissance l'autorité ou l'importunité de la Sorbonne, même envers les plus principaux, qu'ils faisoient doute de sceller ce que le roi avoit commandé par quatre fois.

Toutefois, le Seigneur vainquit; car après que les Lettres eurent esté par cinq fois corrigées, à la fin elles furent scellées par le commandement du roi, très-clément prince...... Je garde les lettres par devers moi, et ne les divulgue point. Incontinent j'entends que dans trois jours je dois estre mis en prison, si je ne me garde. Alors je produis les lettres du roi esquelles estoit contenu ce qui suit :

« Par ces présentes disons et déclarons que notre « vouloir et intention est que ledit Robert Estienne, « notre imprimeur, pour raison de la dite impression « par lui faite des annotations de la Bible, Indices, « Psautiers, et Nouveau Testament et autres livres « par lui imprimés, ne soit ou ne puisse estre à « présent ne pour l'avenir travaillé, vexé, ne mo- « lesté en quelque manière ne convenu par quel- « ques juges que ce soit. Et quant aux susdites in- « formations faites ou à faire à l'encontre de lui à « l'occasion que dessus, de tout le temps passé jus- « ques à hui, suivant ce qu'en cet endroit a esté « commencé par le feu nostre dit seigneur et père, « avons réservé et retenu la connoissance d'icelui à

« nous et à notre personne. Et pour cet effet en « avons défendu et défendons toute cour et juris- « diction et connoissance à vous gens de nostre « dite cour. »

Ces choses ouïes, ils devinrent plus muets que poissons, sinon qu'ils murmuroient entre eux sans dire mot. Pendant que ces troubles s'appaisent, je poursuis à imprimer le Nouveau Testament grec en grande marge. Après que l'œuvre fut achevée, je la porte à Castellan, lequel me tança aigrement de ce que je ne l'avois point baillée à examiner aux théologiens, me disant que j'estois un orgueilleux. Je lui répondis que les plus anciens juges d'entre eux n'entendoient rien ou bien peu en cette langue; d'avantage qu'un livre si saint ne pouvoit estre suspect d'hérésie; ajoutant aussi qu'aucuns d'entre eux m'avoient estonné de me vouloir faire changer un passage de la première aux Corinthiaques (chap. 15, v. 51), où il est écrit : *Vrai est que nous ne dormirons pas tous, mais nous serons tous transmués.* Derechef il me tance de n'avoir point obtempéré, disant qu'il y avoit plusieurs lectures. Je lui dis que jamais on ne m'eût su amener à ce point, de changer rien au texte contre ce qui se trouvoit par tous les exemplaires. Incontinent, comme estant agité de je ne sais quelle fureur, il baill' en proie aux théologiens celui qu'il avoit maintenu contre telles furies (1).... Il manda à son Gallandius qu'il annonçât aux Théologiens que jusqu'à présent il avoit été déçeu par Robert Estienne, et qu'il ne le vouloit plus soutenir; partant qu'ils avisassent à ce qu'ils devoient faire sur cette édition du Nouveau Testament grec.

Gallandius, qui ne m'estoit point ennemi, m'avertit de ce qui lui estoit enjoint, et m'exhorte à me retirer par devers les théologiens, de peur qu'ils ne fussent par son ambassade plus aigris que je ne voudrois, vu que déjà estoient assez irrités. J'essaye de faire ce qu'il m'avoit conseillé; toutefois, je ne pouvois parler à eux pour les trouver assemblés légalement devant un mois. Finalement je leur présente en leur conclave aux Mathurins le Nouveau Testament par moi imprimé; et lors présidoient de Govea et Le Roux, qui me portoient grande inimitié, gens fort ignorants, sinon qu'ils sont assez cauteleux ouvriers à mettre embûches aux innocents. Ils voient que c'est grec qui est imprimé. Ils demandent qu'on leur apporte le vieil exemplaire. Pensez que c'estoit pour y lire! — Je répons qu'il ne se peut faire, parce qu'il n'y en avoit point un tant seulement, mais quinze, qu'on avoit reportés en la Librairie du Roi, lesquels j'avoie eus par grand prière, les ayant bien diligemment conférés; que j'avoie imprimé celui-ci selon le devoir que j'avoie tant envers le prince que la république; que ce leur seroit grande fâcherie s'il les falloit tous conférer, et que je les avoie soulagé de ce labeur. On me fait retirer. On me rappelle.... Je me retire de rechef, et de rechef je suis appelé.

A la fin ils accordent que la charge de relire cette œuvre sera baillée à deux d'entre eux, qui étoient savants en Grec. Là il fallut dévorer une autre fâcherie; car par l'espace d'un mois entier je sol-

<hr>

(1) On est fâché de voir attribuer à l'ambition d'être nommé cardinal le changement opéré dans l'esprit de Castellan, car on ne peut disconvenir que Robert Estienne, par son imprudente promesse, avait donné un motif réel de mécontentement à celui qui l'avoit soutenu jusque alors avec tant de zèle, et même avec tant de courage, et qui plus tard prit encore sa défense.

licite ceux auxquels cette charge avoit été baillée de faire leur rapport. Estant vaincus par importunité continuelle, le font en la congrégation, qui estoit assemblée en la chapelle du collége de Sorbonne. C'estoit certes chose bien nouvelle alors de voir encore entre tels maistres Robert Estienne, de la vie duquel on désespéroit.

J'entre, et les salue : ils me resaluent. Après qu'ils sont entrés au conclave, le doyen de la Faculté, nommé Leclerc, fait une longue harangue, par laquelle il réduit en mémoire les fâcheries que Robert Estienne a données à toute la compagnie, et pour cette cause que la Faculté ne devoit rien approuver de ce qui estoit sorti de lui ; que par telle approbation l'autorité de la Faculté seroit diminuée, et que celui qu'ils avoient condamné seroit prisé et recommandé par eux ; et que ce seroit comme une reconnoissance de leur faute. Par ainsi, que le Nouveau Testament qu'il avoit imprimé sans leur congé ne devoit nullement estre approuvé par eux.

Guyancourt, après lui redit le semblable, s'escriant vaillamment contre moi, pour se purger de la suspicion qui avoit esté sur lui..... Tout le collége se fâcha de sa japerie : on lui dit qu'il le fît court et qu'il dit en brief ce qu'il prétendoit. Il s'en trouva bien peu qui défendissent l'innocent, et en crainte ; lesquels toutefois, après qu'on leur eût amené plusieurs raisons, furent contraints de céder.

La pauvre brebis attend que ces loups sortent de la chapelle. Je prie le doyen : *Eh bien, monsieur, que sera-ce? Quel rapport ferai-je au roi?* Il me répond doucement : *Messieurs ne sont point d'avis que ce Nouveau Testament se vende.* Je lui en demande la raison : *A cause des annotations qui sont à la marge.* Ces hommes savants en la langue grecque jugeoient que les diverses lectures qui sont en marge fussent quelques annotations ajoutées hors du texte. Je leur fais instance de me bailler par écrit la sentence de la Faculté, pour la montrer au roi. Ils me refusent tout plat. Je leur déclare que je ferai un rapport au roi de ce qu'ils m'avoient dit.

Le lendemain je m'en vais à la cour. Je présente au roi, suivant la coutume, le Nouveau Testament en la présence des cardinaux et des princes. Lors Castellan, ayant appaisé la chaleur de son ire, fut adouci. D'autant qu'il lui estoit grief que je fusse ainsi opprimé et que je pensois d'abandonner le pays. Quand je lui eus récité cinq articles, en la répréhension desquels ils s'estoient montrés plus que sots, il raconta au roi ce que la sacrée Faculté avoit ordonné d'un si saint œuvre. On se mit à rire d'une façon étrange, et tous d'une voix dirent : *Quelle impudence! quelle bêtise! quelle témérité!*

Quant ils virent qu'estant retourné de la cour je mis ce Nouveau Testament en vente, sans nulle crainte, ils s'émerveillèrent de l'audace d'un homme privé et imprimeur contre le décret des théologiens. Et me voyant que j'estoie retiré de leurs mains, afin de ne les enaigrir par mépris, je leur accordai de leur communiquer tout ce que j'imprimerois par après. Donc, me tenant enfilé par cette paction ou plutôt nécessité, ils commencèrent de ne plus avoir nulle crainte de moi. Et de moi, je n'estois en rien plus assuré de eux; car je savois bien qu'ils estoient enflammés contre moi d'une haine irréconciliable et qu'ils béoyent de grand appetit après mon sang. Par quoi j'ai esté obligé de me retirer en lieu plus sûr.

Voilà, lecteur chrétien, le dernier acte de ce jeu. D'un nombre infini de tours qu'ils m'ont joués, j'en

ai touché bien peu. Vrai est qu'il n'y avoit nulle cause de me défier de la protection du roi ; mais pour ce que j'avois à combattre avec des bêtes si venimeuses, j'ai estimé qu'il n'y avoit rien meilleur que de céder à leur malice obstinée, car ils pouvoient se jouer du roi à leur appétit et mépriser ses commandements sans estre punis.

Force m'a été de quitter la place pour une autre raison. Car outre la grande dépense qu'il me falloit faire à suivre la cour et que j'estoie contraint d'abandonner les lettres, toutefois je ne pouvois faire que tout ce que j'imprimeroie ne fût sujet à leur censure. Mais que m'eussent-ils permis d'imprimer, sinon les Sommes de Mandreston, la Logique d'Enzinas, les Morales d'Angest, la Physique de Majoris, le Breviaire et le Missel? Par ce moyen il m'eût fallu perdre toute la peine que jusqu'à présent je me suis efforcé d'employer à la Sainte Écriture et bonnes lettres et qu'ai de ferme propos délibéré y dédier jusqu'à la fin de ma vie. Quelqu'un pourroit objecter qu'ils soutenoient une bonne cause, mais qu'ils ont failli en leur manière de prouver. Làdessus je ne veux dire point un mot pour moi, sinon qu'on juge de la chose en soi. Car d'autant qu'ils ont fui la lumière, de peur qu'on ne vît pourquoi ils avoient fait condamner les Bibles par moi imprimées (ce que toutefois avoient promis tant au roi François qu'à Henri), que maintenant soit mis en avant et publié ce qui m'a esté baillé par les plus anciens de leur collège, afin que tous ceux qui sont conduits par l'esprit de Dieu voient et jugent combien est méchante leur doctrine et combien elle est contraire à l'Évangile.

Maintenant, amis lecteurs qui estes affectionnés à la vérité, je vous prie de parcourir les choses suivantes. Le Seigneur vous illumine par l'esprit d'équité, prudence et modération pour droitement juger!

[Suivent les passages incriminés et la Réponse de Robert Estienne aux censures.]

Il résulte de cet écrit que si, dans son animosité contre Robert Estienne, l'acharnement de la Sorbonne fut infatigable, la bienveillance des rois François Ier et Henri II pour protéger leur imprimeur ne le fut pas moins ; et que dans cette longue lutte Robert Estienne trouva des partisans et des défenseurs parmi les évêques, même parmi quelques membres de la Sorbonne; enfin, que si Robert Estienne, cédant à ses convictions religieuses, crut devoir quitter la France, c'est à son obstination de vouloir lutter contre la Sorbonne et conserver sa liberté comme imprimeur qu'il dut attribuer la perte de l'appui tutélaire qu'il avait toujours trouvé dans la royauté.

Cependant, on ne doit point oublier que quand Robert Estienne se dévouait ainsi à l'amélioration des Saintes Écritures, le concile de Trente n'avait pas encore interdit cette étude. La Bible que les docteurs de la Sorbonne poursuivaient avait été publiée en 1545; or, le concile de Trente ne fut tenu qu'en 1556. C'est ce que mon père a fort bien établi dans ses *Observations sur Robert et Henri Estienne*, p. 197 à 205, où il rappelle ce qu'a dit Fénelon au sujet de l'Ancien Testament : « Nous n'avons plus de texte autographe. Il ne reste de l'Ancien Testament hébreu que des copies de copies très-éloignées

« des originaux ; les savants même sont persua- « dés qu'il s'est glissé dans ces copies beaucoup « de fautes !... Non-seulement nous n'avons pas « les autographes de saint Matthieu et de saint « Paul, originairement écrits en hébreu, mais « encore nous n'avons que des copies de copies « de la version grecque que quelque traducteur « en fit autrefois. » Robert Estienne était-il donc coupable lorsqu'il recherchait dans les bibliothèques les meilleurs manuscrits, qu'il en recueillait les variantes, qu'il consultait les docteurs les plus savants, et déclarait dans sa préface qu'il donnait cette édition par *l'avis et mûre délibération et expérience de gens de grand savoir*, ce que constate le privilége du roi? Mais il eut tort de s'autoriser du nom de Vatable et d'imprimer des opinions émises de vive voix dans la chaire par ce professeur, sans lui en avoir soumis préalablement la rédaction ; aussi Vatable crut-il devoir en décliner la responsabilité quand il vit à quelle violence se portaient les théologiens.

Ce qui est certain, c'est qu'en Espagne les théologiens approuvèrent cette édition, dont ils réimprimèrent en 1584 la nouvelle version, qui était celle de Léon Juda, ainsi que les notes, auxquelles ils n'apportèrent que de très-légers changements.

Nous terminerons l'histoire de cette longue querelle, qui priva la France de Robert Estienne, par l'observation suivante, que, dans son histoire critique du Vieux Testament, Richard Simon a faite avec tous les ménagements qu'exigeait sa profession :

« Il est certain que Robert Estienne n'a pas « agi avec assez de sincérité dans la plupart des « éditions de la Bible qu'il a données au public, « et qu'il a voulu imposer en cela aux théolo- « giens de Paris. D'autre part, il semble que les « mêmes théologiens de Paris auraient pu traiter « avec plus de douceur et de charité Robert Es- « tienne à l'occasion des nouvelles traductions de « la Bible qu'il fit imprimer avec des notes fort « utiles, bien qu'il y en eût en effet quelques- « unes qui seules méritassent d'être condamnées. « Pierre Castellan, grand-aumônier de France, qui « rapporta au conseil du roi l'affaire qui était « alors entre les théologiens de la Faculté de Paris « et Robert Estienne, ne put s'empêcher de con- « damner en quelque chose l'excès de ces théolo- « giens, lesquels trouvèrent des hérésies où il n'y « en avait point, et cela venait, comme l'assure « le même Castellan, de ce qu'ils ignoraient dans « ce temps les langues grecque et hébraïque. »

Le jugement qu'en a porté M. Magnin (*Journal des Savants*, année 1841) mérite aussi d'être rapporté :

« Sincère dans ce qu'il croyait de la foi catholique, Robert Estienne s'était maintenu pendant vingt-cinq ans dans cette orthodoxie un peu douteuse qui fut celle de tant d'hommes célèbres et modérés de cette époque, Érasme, Budé, Lambin, Turnèbe, Cujas, Guillaume Cop, De Thou, L'Hôpital et beaucoup d'autres. Sans les attaques pro-

vocatrices des théologiens et les excitations fébriles de la polémique, il est probable qu'il aurait persévéré jusqu'à sa mort dans cette situation indécise et équivoque à laquelle ne purent pas même se soustraire entièrement plusieurs hauts dignitaires du clergé catholique, les Du Bellay, le cardinal Guillaume Briçonnet, le cardinal Odet de Châtillon, Guillaume Parvi, Jean Montluc, évêque de Valence, etc. Mais poussé à bout par des hostilités maladroites, irrité par des censures qu'il croyait entachées d'ignorance et d'injustice, emporté par l'impatience et l'ardeur de la lutte, il franchit la distance, de plus en plus faible, qui le séparait du protestantisme. De tiède et douteux cathol que, il devint calviniste emporté.

« La mansuétude ne fut pas la vertu de Robert Estienne, et n'était guère non plus, il faut le dire, celle de son époque. On est vraiment frappé de stupeur quand on voit un vieillard échappé à grand'peine aux persécutions et aux bûchers de la France applaudir, dans son asile, à d'autres persécuteurs, regarder comme un crime les dissidences religieuses, approuver les supplices, et mettre ses presses au service des apologistes de la condamnation de Michel Servet. On ne sait si l'on veille quand on voit dans une préface, datée de 1553, Robert Estienne reprocher aux théologiens de Paris, ses persécuteurs, de n'avoir pas songé à faire brûler les livres avec la personne de l'athée François Rabelais (*Præfat. ad Gloss. nov.*). D'aussi tristes inconséquences ne justifient pas sans doute, mais expliquent et font comprendre les excès de la Sorbonne. On sent que les violences qui ont ensanglanté ce siècle ne sont pas le propre de tels ou tels hommes ou de telle corporation, mais le résultat de l'esprit général ou plutôt de la maladie qui affligeait alors la société tout entière » (1).

Robert Estienne, honoré de l'amitié des souverains de France, de Du Chastel, de De Thou et de tous les hommes les plus éminents dans les lettres, mourut à Genève, entouré de la vénération de ses nouveaux coreligionnaires. L'historien De Thou parle en plusieurs endroits des services que Robert Estienne a rendus aux lettres, et de la gloire qui rejaillit sur la France et le monde entier de ses travaux, qu'il compare et préfère à ceux des plus illustres capitaines (2).

Il déplore les persécutions des théologiens, intolérants et peu instruits, qui forcèrent cet homme éminemment religieux à quitter la France, lui qui, ainsi que nous l'apprend Henri Estienne dans ses préfaces, « savait noblement dépenser l'argent « lorsqu'il fallait propager l'instruction et les « bonnes études, mais qui le prodiguait dès qu'il « s'agissait de propager les Saintes Écritures et

(1) En 1554 Robert imprima le livre de Théodore de Bèze contre Servet, intitulé de *Hæreticis a civili magistratu puniendis*, et l'écrit fanatique de Calvin : *Defensio orthodoxæ fidei contra prodigiosos errores Michaelis Serveti Hispani, ubi ostenditur hæreticos jure gladii coercendos esse, et nominatim de homine hoc tam impio juste et merito sumptum Generæ fuisse supplicium.*

(2) *Hist. de J. Aug. De Thou*, année 1559, l. XII, p. 419.

« tout ce qui pouvait éclaircir la parole de Dieu ».

De Thou place avec raison Robert Estienne au-dessus d'Alde et de Froben, tant pour le savoir que pour la beauté des caractères et de l'impression. Il vante son jugement sûr et exquis. Nul ne pouvait en être meilleur juge que ce savant bibliophile, dont la bibliothèque était composée des plus beaux exemplaires des meilleurs livres.

Par son testament Robert Estienne ordonna à ses enfants d'embrasser la religion réformée. Il déshérita Robert et Charles « pour l'avoir, à « son grand regret et contre son vouloir, fraudé « de cette espérance, se retirant d'avec lui de « son Église et s'en retournant au lieu d'où par « la grâce de Dieu il les avoit retirés, et qui pis « est se sont mariés sans son autorité et con- « sentement et ont résisté à ses prières, à ses « sommations ». Il institua pour héritier universel son fils Henri Estienne, avec la charge de veiller à l'éducation et à l'établissement de ses frères et sœurs « pour ce, dit-il, que sur sa vieillesse, « accompaignée de maladies, ne lui est demouré « pour toute ayde et soulagement que Henry Es- « tienne, son fils aîné, lequel s'est marié en sa « maison et par son conseil, et aultement faisant « tout debvoir d'ung bon fils, le supportant en « ses peines et labeurs, ayant la principale charge « de l'imprimerie, qui est la correction et de « pourvoir aux copies, luy donnant bonne as- « seurance par la grâce du Seigneur qu'il conti- « nuera en tel debvoir et office et succédera en ses « labeurs pour entretenir le dict train et honneur « de la dicte imprimerie, lequel, grâces à Dieu, « a dès longtemps esté continué en sa maison « au profict du public et bon nom de sa famille ».

La mort de cet excellent père accabla Henri d'une douleur si profonde, qu'il tomba en langueur, et pensa le suivre au tombeau. Il en parle avec une tendresse qui touche jusqu'aux larmes (1). Dans l'une des nombreuses pièces de vers qu'il composa en grec et en latin sur son père, il lui fait dire :

« Petit de corps, j'avois un grand cœur ; et « j'agissois autant que je parlois peu. »

Dans un autre endroit, il dit :

« Le travail, qui dompte tous les hommes, fut « dompté par Robert Estienne. »

Voici l'opinion qu'avait de lui son noble rival, Alde Manuce : « J'ai entendu dire à mon père, « dit Paul Manuce, que nul n'avait égalé Robert « Estienne par les soins et le zèle qu'il apportait « à la correction et à la publication des auteurs « anciens. »

Ses traits nous ont été conservés dans plusieurs portraits du temps ; la sérénité y est unie à la fermeté de caractère.   A. F.-D.

ESTIENNE (*Henri II*), imprimeur français, fils du précédent, né à Paris, en 1528 (2), mort à Lyon, en mars 1598. Élevé par les soins les plus tendres et les plus éclairés, dans une maison toute latine, toute littéraire, sanctuaire du travail et des mœurs simples et religieuses, Henri Estienne se montra dès son jeune âge digne de son père. Tout concourut au développement rapide de ses heureuses facultés naturelles. Une réunion de savants de tous les pays, hôtes et familiers de la typographie paternelle, encourageaient par l'exemple de leur dévouement aux lettres et aux sciences le jeune Henri, qu'instruisait leur conversation en latin, à laquelle sa mère et sa sœur ne restaient point étrangères (1).

Son père, qui bientôt reconnut en lui l'héritier de ses travaux, le vit croître avec joie, et lui apprit de bonne heure l'emploi du temps. Ses immenses occupations ne lui permettant pas d'être son précepteur, il confia sa première éducation à un professeur qui avait le bon esprit de traduire à ses élèves le grec, non pas en latin, comme c'était l'usage, mais en français (2) ; chez ce maître

---

(1) *Observations sur Robert Estienne*, par Firmin Didot, p. 211.

(2) Cette date, bien constatée par M. A.-A. Renouard, p. 318 et 367, *Annales des Estienne* (1843), doit être maintenue, et non celle de 1532, que dans ces derniers temps on a cru devoir fixer, d'après les *lettres de rémission* signées par le roi Henri II au mois d'août 1552, qui portent à vingt ans l'âge de Henri Estienne.

Mais il fallait remarquer que ces mêmes lettres fixent le départ de Robert Estienne au mois de novembre 1550 ; or, ces lettres relatent les faits exposés dans la requête que Charles Estienne dut faire aussitôt après le départ de son frère et le séquestre qui s'en suivit immédiatement, par conséquent en NOVEMBRE 1550.

On a vu d'après les précautions prises antérieurement par Robert Estienne que sa fuite avec toute sa famille devait avoir pour conséquence le séquestre immédiat de ses biens. Ainsi donc, pour obtenir la levée du séquestre en faveur de ses enfants, il y avait nécessité de les faire passer pour très-jeunes. En supposant Henri né en décembre 1528, il n'avait au mois de novembre 1550 que vingt-et-un ans accomplis. La requête n'aurait donc accusé qu'un an de moins qu'il n'avait réellement.

En faisant naître Henri Estienne en 1532, on est obligé de reconnaître en lui des dispositions tellement prématurées qu'elles rendent peu croyables les rapports qu'il aurait eus étant encore si jeune avec les personnages les plus éminents en Italie et avec le jeune roi Édouard VI en Angleterre.

(1) Parmi les intéressants détails sur sa famille que contient la lettre de Henri Estienne à son fils Paul (en tête de l'édition d'*Aulu-Gelle*, 1585), on lit : « Ton aïeule entendait la conversation de ceux qui parlaient latin aussi bien que s'ils eussent parlé français, et ma sœur Catherine, ta tante, parlait latin de manière à être comprise par tous. Comment, ajoute-t-il, l'avaient-elles appris ? C'est par l'usage et de même que les Français apprennent le français et les Italiens l'italien. » — Quant à la réunion des savants qui secondaient Robert dans ses travaux typographiques et la correction des épreuves, il ajoute : « Ton aïeul Robert Estienne avait institué dans sa maison une sorte de décemvirat littéraire, qu'on pouvait aussi bien nommer παντοεθνῆ que πάγγλωσσον, puisque toute nation et toute langue s'y trouvaient réunis. Parmi ces hommes distingués, dont plusieurs étaient du plus grand mérite, quelques-uns s'occupaient de la correction des épreuves, et la langue latine leur servait à tous d'interprète commun. La conversation en cette langue était d'un usage si fréquent, que les domestiques l'entendaient et la parlaient ; enfin, toute la maison était latine, et jamais ni moi ni mon frère Robert dès notre plus tendre jeunesse nous n'aurions osé parler que latin avec mon père et les correcteurs de son imprimerie. Ce que j'en dis ici est pour montrer combien notre famille était exempte de l'ignorance si fréquente chez tant d'autres. » (P. 12 à 14.)

(2) Les rapports entre les deux idiomes durent le frapper dès lors, et c'est probablement à cet exercice que

les élèves représentaient les tragédies grecques, excellente méthode pour s'identifier aux secrets du langage et aux beautés littéraires des chefs-d'œuvre. Le jeune Henri, qui commençait à peine à étudier le grec, *goûta tant de volupté dans le chant des syrènes* (ce sont ses expressions), qu'il voulut apprendre tous les rôles de la *Médée* d'Euripide et les représenter successivement.

Vers l'âge de quinze ans, il eut le bonheur d'avoir pour précepteur Pierre Danès, qui transmit à son jeune élève l'instruction que Danès avait reçue lui-même de Guillaume Budé et de Jean Lascaris. Ce savant professeur, qui passait pour le plus habile helléniste de son temps, ne voulut faire alors que deux éducations particulières, celle de Henri II, fils de François Ier, et celle de Henri Estienne. En vain les personnes les plus distinguées de la cour et de la ville sollicitaient de Danès la même faveur pour leurs enfants : Non, leur disait-il, je ne le puis; les soins de ma charge auprès du dauphin et mes fonctions épiscopales me forcent de renvoyer souvent trois fois de suite mon jeune Henri; il s'en va tristement, mais il ne se lasse pas de revenir : d'ailleurs, je suis l'ami intime de son père, qui est un frère pour moi (1). »

En même temps qu'il suivait les cours de grec du docte Tusan (2) et de son successeur Adrien Turnèbe, il apprenait d'Ange Vergèce, ce savant calligraphe crétois, à perfectionner tellement son écriture qu'il égalait son maître (3). Il s'instruisait aussi dans ce qu'on savait alors de mathématiques et même d'astrologie et de généthliaque ; mais son père, à qui on n'osait parler de ces deux dernières sciences, ne paya que le maître de mathématiques. Ce fut la mère, plus indulgente, qui pourvut en secret à l'étude des deux autres sciences, que bientôt Henri Estienne reconnut être aussi chimériques qu'inutiles.

A dix-huit ans, pour venir en aide à son père, qui publiait sa belle édition de *Denys d'Halicarnasse*, il collationna un manuscrit de cet auteur ; et dans l'espoir de découvrir quelque ancien monument de l'antiquité grecque, du consentement paternel, il partit pour l'Italie, afin de visiter les bibliothèques et d'y exercer *l'art du chasseur*. Il y resta trois ans, ce qui lui permit d'apprendre dans la perfection la langue du pays et ses divers idiômes. « Cet homme extraordinaire, qui voyagea la moitié de sa vie,

savait à fond toutes les langues modernes aussi bien que les langues anciennes et quelques-unes des langues orientales ; et si à Venise, comme l'a dit mon père, il étonna le docte Michel Sophian, né en Grèce, par la facilité avec laquelle il s'exprimait en grec moderne, à Naples, où l'ambassadeur de France près de la République de Venise l'avait chargé, dans les intérêts du roi, d'une mission délicate, se voyant reconnu par un Napolitain qui se rappelait l'avoir vu chez l'ambassadeur, il se tira d'affaire, en parlant la langue du pays avec une telle volubilité et un accent si local qu'il fut pris pour un Napolitain. »

Précédé partout de la considération due aux travaux de son père, et bientôt apprécié lui-même pour son savoir, Henri Estienne se vit accueilli avec distinction par les ambassadeurs, les princes, les prélats, et se lia d'amitié avec les savants et les littérateurs, tels que Annibal Caro, Castelvetro, le cardinal Maffei. Il s'arrêta quelque temps à Venise, chez le fils d'Alde-Manuce, Paul, avec lequel il resta lié d'amitié. C'est dans l'imprimerie des Alde qu'il imprima, lors d'un autre voyage qu'il fit en Italie, en 1555, une traduction de *Théocrite* et autres poésies bucoliques de sa composition. Après avoir collationné un grand nombre de manuscrits, il revint à Paris, et en 1550 il se rendit à la cour d'Angleterre, où il reçut un accueil amical du jeune roi Édouard VI ; puis il s'arrêta dans le Brabant, dont il étudia l'idiôme, et s'appliqua surtout à la langue et à la littérature espagnoles. Tout son temps se partageait entre les études et la collation des manuscrits, la conversation des hommes les plus distingués et les affaires commerciales de son père; car il fallait alors chercher l'écoulement des livres dans les pays étrangers. C'est ainsi que nous voyons, dès l'origine de l'imprimerie, Schœffer venir souvent à Paris pour y vendre ses livres imprimés à Mayence.

Dans ses voyages, toujours à cheval, exercice qu'il aimait beaucoup, il trompait l'ennuyeuse monotonie de la route en composant des vers grecs, latins et français (1).

En 1551, Henri Estienne vint retrouver son père dans son exil à Genève, où tous les membres de sa famille s'étaient rendus secrètement. On conçoit combien ces malheurs durent exciter en lui un profond ressentiment.

En 1554, Henri Estienne, de retour à Paris, où nous le verrons souvent séjourner, car la France fut toujours sa véritable patrie, y imprima la première édition d'Anacréon, qui, bien qu'elle ne porte aucun nom d'imprimeur, mais

---

l'on doit le traité de la *Conformité du françois avec le grec*, que Henri Estienne publia vers 1565.

(1) Firmin Didot, *Observations sur Robert et Henri Estienne*. — H. Estienne, *Lettre à J. Danès*, en tête du *Macrobe* de 1585.

(2) En 1544, son oncle Charles Estienne l'en félicite dans la dédicace de son traité du Bon Jardinier, *De Re Hortensi*, qu'il lui dédie, comme un encouragement à bien faire. Henri Estienne n'avait alors que seize ans.

(3) « Messer Angelo, quem vidi et quem Franciscus advocaverat, docuerat H. Stephanum, qui bene scribebat, et tam bene quam præceptor qui cudit illos præstantes characteres regios. » *Scaligeriana.* (Voy. aussi le Dialogue de H. Estienne, *Philoceltæ et Coronelli*, à la suite de la *Musa monitrix.*)

(1) Mon père a remarqué que parmi ces vers il en est un que Boileau semble lui avoir emprunté :

Il plait à tout le monde et ne saurait se plaire.

Ce vers frappa si vivement l'attention de Molière, qu'il se le fit répéter en interrompant Boileau dans sa lecture.

Le vers de Henri Estienne imité par Boileau :

Hic placuit cunctis, quod sibi non placuit,

se trouve dans un des petits poëmes d'Estienne : *De Martinalitia Venatione.*

seulement *Parisiis, apud Henricum Stephanum*, doit avoir été exécutée par ses soins, dans l'ancien établissement paternel, dirigé par son frère Robert, ou chez son oncle Charles (1). Dans la préface, en grec, Henri Estienne donne à entendre que ce n'est point sans peine et *sans péril* qu'il est parvenu à se procurer les manuscrits d'Anacréon. Quelques mois auparavant il avait imprimé chez son oncle Charles un recueil d'opuscules de Denys d'Halicarnasse d'après deux manuscrits que lui avaient communiqués ses amis. Dans les deux préfaces, l'une en grec, adressée à l'ambassadeur de France à Venise, Odet de Selve, qui témoigna toujours à Henri Estienne une vive affection, l'autre en latin, adressée à Pierre Vettori, il donne des détails, qu'on désirerait plus complets, sur les deux manuscrits d'Anacréon découverts par lui et qu'il se procura avec beaucoup de peine. L'un, écrit sur une écorce d'arbre, était d'une écriture très-difficile à lire et presque effacée par le temps ; l'autre était fort incorrect. Ces manuscrits sont perdus ; mais depuis on en a trouvé d'autres au Vatican, qui ont dissipé les doutes qui s'étaient élevés et sur l'authenticité de ceux qu'avait découverts H. Estienne et même sur la réalité des poésies d'Anacréon.

La traduction en vers latins faite par Henri Estienne dans le même mètre que celui d'Anacréon est un véritable chef-d'œuvre d'élégance et de fidélité ; il est fâcheux que la traduction qu'il avait faite de ce poëte en français, ainsi qu'il l'annonce à Vettori, n'ait point été imprimée.

La découverte des poésies d'Anacréon fut un événement littéraire. Remy Belleau s'empressa de les traduire en vers et Ronsard, dans ses poésies, s'en inspire, les imite, et s'écrie dans une de ses odes :

> Verse donc, et reverse encor !
> Dedans cette grand' coupe d'or.
> Je vais boire à Henry Estienne,
> Qui des enfers nous a rendu
> Du vieil Anacréon perdu
> La douce lyre Téienne.

En 1555 Henri retourna à Genève. Il passa l'année 1556 en Italie, où il découvrit à Rome des fragments de Diodore de Sicile. Il collationna aussi Diogène Laerce, d'après un manuscrit appartenant au cardinal Bessarion. A son retour, il imprima les *Psaumes de David* avec quatre traductions latines, faites par quatre illustres poëtes. Rien n'indique l'endroit où cet ouvrage fut imprimé.

En 1557 il inaugura à Genève son imprimerie, distincte de celle de son père, plus particulièrement consacrée aux publications religieuses, par la première édition de l'*Apologie pour les Chrétiens*, du philosophe *Athénagore*, et par la première édition de *Maxime de Tyr*, dont

le texte avait été rapporté d'Italie par Jean Lascaris ; la traduction latine en fut presque entièrement refaite par Henri Estienne, qui donna aussi quelques écrits d'Aristote et de Théophraste inédits. La collation des quinze manuscrits qu'il avait faite en Italie rend son édition des tragédies d'*Eschyle* très-précieuse, et nous donne pour la première fois la tragédie d'*Agamemnon* tout entière. Enfin, il publia les textes grecs inédits des *Fragments des historiens grecs Ctésias, Agatharchide, Memnon*, et les *Ibériques* et *Annibaliques d'Appien*. Tous ces ouvrages sont accompagnés de ses commentaires. Dans une préface en tête des Fragments des Historiens il se félicite d'avoir eu Danès pour professeur.

Cette même année Henri Estienne donna son *Lexicon Ciceronianum græco-latinum*, qu'il avait composé d'emprunts faits aux Grecs par Cicéron. Il y joignit un travail sur le style de Cicéron, et des corrections d'après d'anciens manuscrits. C'est un des ouvrages d'Henri Estienne les plus rares et les plus estimés. Rappelant, dans sa préface, les nombreux services que son père a rendus aux lettres et qu'il s'apprête encore à leur rendre, il témoigne la crainte de n'avoir plus rien à moissonner et nous apprend qu'enthousiasmé par un tel exemple, il dut enlever au sommeil le temps nécessaire pour composer ce livre.

Tous les ouvrages imprimés par lui dans le cours de cette année portent au bas du titre cette indication : *Ex officina Henrici Stephani*, PARISIENSIS TYPOGRAPHI.

Cette désignation d'*imprimeur parisien* et le soin que prit Henri Estienne de ne point indiquer sur les livres qu'il a imprimés à Genève le nom de cette ville, mais d'y placer seulement la marque de l'Olivier, si universellement connue de tous les pays, prouvent qu'il conservait autant qu'il le pouvait sa qualité de Français, quoiqu'il ne pût en exercer les droits en France, puisque la ferme et expresse volonté que son père avait consignée dans son testament le lui interdisait (1). Ses fréquents voyages et séjours à Paris, où l'appelaient ses affaires commerciales et le débit de ses livres par l'intermédiaire de son frère, ses relations avec les savants les plus distingués de la cour et de la ville, même ses rapports fréquents et intimes avec Henri III, firent de lui en tout temps un véritable Parisien. Ce sentiment est partout exprimé dans les écrits de Henri Estienne, et particulièrement dans les vers de son poëme intitulé : *Musa monitrix*.

Combien que mon pays souvent j'aye absenté,
Mon bon vouloir de lui oncq absent n'a été :

---

(1) M. Weiss, savant bibliothécaire de Besançon, dit que « Henri présenta requête à la Sorbonne pour l'établisse- « ment d'une imprimerie, et joignit à sa demande le pri- « vilége accordé à son père par François Ier ». Je n'ai pu rien découvrir à l'appui de cette assertion, qui me pa- raît peu probable.

(1) Après avoir, ainsi qu'on l'a vu plus haut, exigé de son fils qu'il continuât sa profession et persistât dans la foi, le testateur dit :

« *Item* en cas que le dict Henry vint à rompre l'estat, train et vacation de la dicte imprimerie et s'en allast démourer hors de cette Église, en ce cas (duquel le dict testateur a prié le Seigneur vouloir préserver le dict Henry) veult et ordonne le dict testateur que le dict Henry soit privé et deschu de tous ses dicts biens et qu'ils accroissent au dict François, son frère..... »

Et jamais à mon cœur nation estrangère
De ma France l'amour m'a faict mettre en arrière,
Car au profond du cœur engravé je m'avois
Que si Ulysse aima son terroir Itaquois,
Tant rude et montueux, et ne trouva contrée
Qui semblast mériter lui estre préférée ;
Et si de son désir tellement fust épris
Que l'immortalité mesme il eut à mespris
(Encore que de tous il ait ce tesmoignage
Qu'il estoit de son temps des sages le plus sage),
Moi, qui entrant au monde en ce lieu fus logé (1)
Que nommer on peut bien du monde un abrégé,
Ou (si on aime mieux) nommer un petit monde,
Faut-il pas qu'en cela Ulysse je seconde ?

Par son caractère vif et sociable, enjoué quoique sérieux, léger quoique érudit, il sut plaire aux grands, et ses rares qualités le firent chérir dans son intérieur. Son esprit ondoyant et véritablement français se trouvait dépaysé quand il était hors de la France, qu'il aimait passionnément et avec orgueil. La rigidité protestante de Genève gênait ce libre penseur, et les persécutions qu'il y éprouva l'irritèrent tellement que sur la fin de sa vie, malgré les grands intérêts de son commerce et le séjour de sa famille, qu'il chérissait, c'est en France qu'il restait de préférence, et c'est là que la mort vint le frapper :

Et Lugduneo requiescunt ossa sepulchro.

Sur le nombre de cent soixante-dix éditions publiées en diverses langues par Henri Estienne, et presque toutes accompagnées de ses observations ou traductions, je me bornerai à indiquer ici les principales, dans leur ordre chronologique. Cependant, c'est d'après l'ensemble prodigieux de ses divers travaux qu'on peut juger plus complétement du mérite incomparable de Henri Estienne, obligé souvent, ainsi qu'il nous l'apprend, de faire face dans la même demi-heure au français, au grec, au latin.

C'est en 1558 que pour la première fois, et par reconnaissance, Henri Estienne inscrivit sur ses impressions le nom de son protecteur Hulric Fugger : les mots *Excudebat Henricus Stephanus, Hulderici Fuggeri typographus*, se trouvent sur le seul volume qu'il ait imprimé cette année : les *Constitutions et Édits de l'empereur Justinien*, dont le texte grec était inédit. A cette époque l'enthousiasme qui animait les Alde et les Estienne pour la publication de tant de belles et bonnes éditions des anciens auteurs était partagé par les hommes que distinguaient leur richesse et leur savoir. Henri Estienne trouva dans les Fugger, ces puissants banquiers d'Augsbourg, et dans d'autres riches seigneurs, des secours généreux, qu'on ne saurait désormais attendre

que des gouvernements amis des lettres (1).

En 1559, la douleur qu'il ressentit de la mort de son père, qu'il vénérait, lui causa une grave maladie, contre laquelle il lutta courageusement afin de publier les ouvrages que cette mort laissait interrompus ; mais il en garda une mélancolie et un dégoût de toutes choses qui le rendirent longtemps incapable d'aucune occupation. Il expose cet état singulier dans une préface dédicatoire adressée au président de Mesme, en tête de sa traduction des *Hypotyposes* du philosophe *Sextus Empiricus*, et, chose remarquable, le scepticisme outré de ce pyrrhonien produisit sur l'esprit d'Henri Estienne une réaction salutaire qui le délivra de son hypochondrie.

Il dédia cette année son *édition de Diodore de Sicile* à Hulric l'ugger, qui prenait un grand intérêt aux travaux d'Estienne et mettait sa riche bibliothèque à la disposition de *son imprimeur*. « Continuant sous tes auspices, lui dit Henri Estienne, dans sa dédicace, l'imprimerie que mon père avait élevée sous les auspices de François Ier, je n'ai rien eu de plus pressé que de continuer aussi la série des historiens grecs dont la république des lettres est redevable à mon père. A la publication des œuvres inédites de *Denys d'Halicarnasse*, de *Dion* et d'*Appien*, je me félicite de pouvoir joindre celle de *Diodore de Sicile*, dont on ne possédait encore que cinq livres. » Dans un appel qu'il fait à la générosité de Fugger, Henri Estienne l'informe « que Lazare Baïf lui avait dit et lui avait montré des lettres où on l'informait qu'un manuscrit complet de Diodore de Sicile (contenant les XL livres de ses histoires) se trouvait en Sicile » ; ajoutant « qu'il ne fallait donc épargner aucune dépense pour se procurer cet ouvrage, qui nous rendrait moins sensible la perte des écrits de Tite-Live ». Cette édition de *Diodore de Sicile* doit être regardée comme l'*editio princeps*, puisqu'elle est augmentée de dix livres et de fragments inédits de cet auteur ; elle est accompagnée de la traduction latine d'Henri Estienne et de ses observations.

En 1560, il publia sa première édition grecque et latine de *Pindare*, et la dédia à Mélanchthon. Il en a donné deux autres éditions, en 1566 et 1586, avec une traduction latine faite par lui, avec soin mais dans un style un peu trop emphatique, selon son propre jugement (2).

Après la mort de son père, Henri Estienne réunit son imprimerie à la sienne. On conçoit que la publication de tant d'éditions, qu'il exécuta souvent en divers lieux, l'établissement de ses frères et sœurs, le soin de sa maison, et des

---

(1) Il fait ailleurs dans son poëme l'éloge de Paris, cette ville où, dit-il, affluent de toutes parts et plus qu'en aucune autre tant de princes et seigneurs :

In urbe qua non ulla dici dignior,
Compendium orbis : sicut urbem Romuli,
Epitomen orbis nominatam discimus.

Il se félicite d'y être né sous deux rois amis des lettres, et d'un père dont ils aimaient la personne et les travaux :

Est patre genitus qui duo reges apud
Auctoritate valuit atque gratia,
Gratæ quod essent ejus ipsis litteræ
Et opera circa litteras fidissima.

(1) Sur les rapports des Fugger, amis et protecteurs d'Estienne, voyez surtout les *Études sur la Typographie Genevoise*, par M. Gaullieur, Genève, 1855 ; et les *Lettres de H. Estienne*, publiées en 1830 par Passow.

(2) Voici ce qu'il dit dans son dialogue *De bene instituendis græcæ linguæ studiis* : « Juvenis erat ille « (H. Estienne), et quidem valde juvenis, cum Pindarum « verteret, ideoque et minus excreitatus et (ut minus « excreitatis accidit) tumidus. »

procès coûteux ont dû accabler de soucis et de tourments Henri Estienne quoiqu'il fût riche alors et seigneur de Grière, terre qu'il possédait près de Genève.

En 1561 il publia, avec le concours des savants Fr. Portus, Conrad Gesner et Joach. Camerarius, une édit. in-fol. de *Xénophon*, grec et latin, dont il améliora beaucoup le texte au moyen de manuscrits provenant de la bibliothèque des Fugger. Dans une édition qu'il donna de la traduction latine seule, revue et complétée par lui, il célèbre, dans un discours préliminaire, l'union des Muses avec Mars, dont Xénophon offre l'exemple. En 1581 il en imprima une autre édition, qu'il revit de nouveau avec un grand soin.

En 1562, parmi les ouvrages que Henri Estienne pouvait imprimer librement à Genève est l'*Exposition ecclésiastique du Nouveau Testament*. Cette réunion de doctrines des théologiens les plus estimés, faite par Augustin Marlorat, resta incomplète, son auteur ayant été pendu à Rouen, par ordre des Guise, pour ses doctrines religieuses. Dans la préface, Henri Estienne déplore de nouveau la mort de son père, qui a privé la république des lettres de tant de beaux ouvrages, et qui a été si funeste à l'art typographique. Ce sentiment de piété filiale, honorable pour tous deux, se reproduit souvent dans les écrits de Henri Estienne, en prose et en vers. Il fit paraître aussi cette année la première édition des *Discours de Themistius* et une traduction faite par lui, en latin, des *Hypotyposes* de Sextus Empiricus, dont le texte grec n'avait pas encore été publié, et qu'il accompagna d'observations.

En 1563 il donna son traité, en latin, *De l'Abus que l'on fait en latin de divers mots grecs.*

En 1564 il fit paraître une seconde édition de l'ouvrage de Marlorat. Le *Dictionnaire de Médecine* publié par Henri Estienne, où il explique de grec en latin les termes de médecine, en commençant par Hippocrate et finissant par Celse, est un savant travail. Par cet essai, consacré aux seuls termes de médecine, il fit connaître, dit Schœll, ce que serait le *Thesaurus Græcæ Linguæ*, qu'il préparait. Dans ce recueil on voit paraître pour la première fois le Lexique d'Érotien. Henri Estienne termina cette année l'impression d'un recueil des anciens poëtes latins, commencé par son père, et il y ajouta des concordances littéraires destinées aux amis de la poésie. Il augmenta ce précieux recueil, qui contient *Ennius, Accius, Lucilius, Laberius, Pacuvius, Afranius, Nævius, Cæcilius*, de nombreux fragments d'anciennes poésies recueillies dans les grammairiens, donnant ainsi beaucoup plus qu'il n'avait promis, et accompagnant chaque fragment de ses observations. Malheureusement il n'eut pas le temps de publier un travail semblable sur les anciens prosateurs latins, travail qu'il avait préparé et qu'aucun des critiques postérieurs à Henri Estienne n'a encore entrepris. Il donna aussi une édition de *Thucydide*, dont il collationna le texte grec de nouveau sur les manuscrits; des

scolies l'accompagnent ainsi que la traduction latine de Valla, qu'il revit avec grand soin, tant, nous dit-il, elle était obscure et inexacte. Quant à la traduction française de Seyssel, que quelques amis lui avaient conseillé de consulter, il la déclare ridicule, bien que Seyssel prétende s'être aidé des avis de Lascaris. Henri Estienne, en donnant des exemples de l'une et de l'autre, montre que souvent là où Valla était obscur et se trompait, Seyssel, renchérissant sur Valla, accumule erreur sur erreur. Quant au texte, il n'a admis, conformément au système qu'il avait suivi pour les auteurs publiés précédemment, que les leçons des manuscrits ou des éditions antérieures, en indiquant seulement en marge les variantes, « sans redouter le blâme d'avoir conservé parfois des leçons absurdes plutôt que d'oser introduire des corrections non autorisées par les manuscrits ». Toutefois, par un système particulier de ponctuation et de parenthèses, il a su faciliter l'intelligence de beaucoup de passages obscurs et porter la lumière dans ces endroits, *ut ita dicam* λαϐυρινθώδεις, *ut ex illis ne ipse quidem Dædalus se evolvere expedireque posset* (1).

Dans sa préface à Camerarius, il lui dit que c'est au plus fort de l'hiver, pendant la nuit et au souffle glacé de l'Aquilon, qu'il a entrepris et exécuté ce grand travail (2). Dans une pièce de vers grecs, il prémunit le lecteur contre les difficultés inhérentes aux beautés hors ligne et inaccessibles au vulgaire que lui offrira Thucydide. Il en donna une seconde édition, améliorée, en 1588.

On a souvent mentionné les Dialogues grecs de Henri Estienne; M. Renouard parle d'un Specimen, mais d'une manière vague et qui prouve qu'il ne l'a jamais vu. Je n'ai pu découvrir qu'une lettre adressée par H. Estienne à Théodore de Bèze où il parle de Dialogues qu'il lui a envoyés et lui indique le plan qu'il a suivi. Il lui dit s'être éloigné des latinismes et des gallicismes, à moins qu'il n'ait eu l'autorité des meilleurs auteurs pour les justifier, et cite à ce sujet des exemples très-remarquables d'analogie dans les deux langues. Il est probable qu'il n'aura envoyé à de Bèze qu'en manuscrit ce qu'il avait commencé à rédiger, remettant, ainsi qu'il le dit, à un temps plus éloigné cette publication, encore inachevée (3).

Cette année, au mois d'octobre, il eut le malheur de perdre une femme chérie, Marguerite Pillot, qu'il avait épousée en 1554; elle était fille de la seconde épouse de Robert Estienne (4). Henri

(1) Cet exemple donné par H. Estienne aurait dû être généralement suivi; je m'y suis en grande partie conformé dans mon édition de 1841.

(2) « Totum ergo diem, partim domi cum variis mearum operarum ingeniis altercatus, rixatus, tumultuatus, digladiatus et variis typographicis officiis ad eas retinendas functus, partim foris multiplicia negotia eaque non admodum mihi jucunda exsequutus, tum demum quum tenebræ oppressissent, ad recognitionem interpretationis Vallæ (bellam scilicet animi relaxationem!) me conferebam. »

(3) « Quæ de horum Dialogorum scriptione dicenda videri poterant, ea in id tempus rejicienda censeo quo Dialogorum opus integrum (si vixero ac voluerit Dominus) in lucem edam. »

(4) De ce mariage une seule fille survécut, nommée

Estienne a décrit avec tendresse les qualités éminentes de cette charmante femme, morte à vingt-cinq ans. Cette pièce de vers (1) a été retrouvée récemment dans notre Bibliothèque impériale par M. Magnin, ainsi qu'une grande feuille, imprimée avec luxe, où sont réunies quatorze pièces de vers grecs et latins composées par Henri Estienne et consacrées à la mémoire de son père.

En 1565 il donna une édition in-folio de la Bible traduite en français, avec des notes marginales et une édition in-fol. du *Nouveau Testament* en grec, avec deux traductions latines, l'ancienne et une nouvelle par Théodore de Bèze, qui l'a accompagnée de ses commentaires. Il la réimprima cette même année, et il nous dit qu'elle avait été entreprise par Théodore de Bèze à la prière de Calvin et de Robert Estienne. ·

Le traité de la *Conformité du langage françois avec le grec*, quoique sans date, est de cette époque. Cet écrit, rédigé rapidement, comme la plupart de ceux que composait Henri Estienne, a pour but de prouver que la langue grecque est la plus belle des langues, et que comme la langue française est de toutes les langues modernes celle qui a le plus d'affinité avec elle, c'est notre langue qui doit avoir la supériorité. S'opposant à l'introduction dans le français des mots d'origine espagnole ou italienne, il n'y admet que les mots d'origine grecque. Malgré tout le savoir que montre Henri Estienne dans ce traité, où il signale les rapports qui existent entre les deux langues, il y a quelques paradoxes et des étymologies inadmissibles (2). Mais l'amour qu'il portait à la langue française et au maintien de sa pureté domine dans tout cet écrit, et c'est un des caractères de son esprit logique et national.

En 1566 on doit citer surtout parmi les plus belles éditions de Henri Estienne celle où il a réuni en un seul volume les *Poetæ Græci principes*. Dans cet ouvrage, habilement hérissé de jeux de plume et d'innombrables ligatures, ce savant typographe a introduit plusieurs signes particuliers pour distinguer 1° les noms propres, 2° les pays, 3° les montagnes, 4° les rivières, « cherchant enfin les difficultés avec autant de zèle que nous en mettons à les fuir (3) ».

Cet ouvrage est d'une admirable correction, ce que M. Firmin Didot a constaté. Dans sa préface H. Estienne, tout en reconnaissant qu'aucun livre ne saurait être exempt d'erreurs typographiques, dit que si cependant on découvrait dans celui-ci de dix à vingt erreurs, il peut affirmer que dans les éditions antérieures à la sienne c'est de dix à vingt mille qu'on y en rencontrerait. Il rappelle qu'il n'a introduit dans le texte aucune correction, mais qu'il les a mises en marge; il en signale une seule qui, malgré lui et par le fait du correcteur, s'est introduite de la marge dans le texte.

Sa belle édition de l'*Anthologie*, si supérieure à celle de Venise, est accompagnée de ses observations. Divers signes y distinguent aussi les noms d'hommes des noms de femmes, ou êtres animés, ceux de nations ou de villes, ceux de montagnes, etc.

Il donna aussi la traduction latine d'*Hérodote*; le soin qu'il prit de la revoir et de la corriger est indiqué au lecteur par ce distique :

Qui verax propria, mendax interprete lingua
Ante fui, verum nunc in utraque loquor.

Henri Estienne, devançant l'opinion de la postérité, prétend que bien des choses qui semblent fabuleuses dans Hérodote sont cependant vraies, et dans un traité fort étendu il fait l'apologie de cet auteur, dont il prend la défense quant à la véracité (1). Attaqué par ses adversaires, il publia en français l'écrit hardi, rempli de faits curieux quoique quelquefois hasardés, où, sous le titre d'*Introduction au Traité de la Conformité des merveilles anciennes avec les modernes*, il trace le tableau de la société à son époque et il en signale les erreurs, les bizarreries et les monstruosités, qu'il compare aux récits d'Hérodote. La peinture en termes peu retenus de ces débordements de crimes et de vices, les anecdotes et l'histoire scandaleuse, les traits satiriques dirigés contre toute la société, surtout contre le clergé, excitèrent vivement la curiosité publique : aussi douze éditions en furent-elles promptement publiées. Celle que Le Duchat a donnée, en 1735, avec ses remarques est la treizième et dernière.

Quoique Henri Estienne n'ait pas signé cet écrit, publié ensuite sous le titre d'*Apologie pour Hérodote*, il ne dissimula nullement qu'il en fût l'auteur. « On conçoit, dit M. Feugère, dans son excellent *Essai sur Henri Estienne*, qu'elle dut augmenter l'acharnement de ses nombreux adversaires, et l'on a même été jusqu'à prétendre que pour cette œuvre il fut brûlé en effigie à Paris. « Afin d'échapper à la réalité du supplice,

Judith. Elle épousa l'imprimeur Lepreux, qui dut aussi quitter Paris pour venir s'établir à Genève.

(1) Cette pièce de vers, remarquable par les sentiments tendres qu'elle exprime avec naïveté, nous introduit dans cette maison, désolée par l'absence de celle qui l'embellissait à tout instant.

(2) M. Dübner, dans un article inséré dernièrement au *Journal de l'Université*, indique plusieurs autres rapports importants qui sont communs aux deux langues.

(3) *Observations sur Robert et Henri Estienne.*

M. Firmin Didot, p. 218-220, y décrit les procédés typographiques employés par H. Estienne. Dans la préface de son édition des *Poetæ Græci principes*, Henri Estienne manifeste son amour pour la poésie, et décrit le charme que dès son enfance il éprouva en entendant réciter en grec la *Médée* d'Euripide. Les animaux eux-mêmes, dit-il, ne sont point insensibles à la musique, et il cite l'exemple d'un lion qu'il vit à la Tour de Londres,

et sur lequel les sons d'un orgue produisaient un effet dont il fut plusieurs fois témoin. Il rapporte aussi que Théodore de Bèze lui avait dit avoir vu une personne à Paris tellement habituée à ne parler qu'en vers rimés que devant les juges elle ne put s'en abstenir, ce qui d'abord les irrita ; mais ils reconnurent ensuite, à leur grand étonnement, que cette merveilleuse disposition lui était devenue naturelle.

(1) Henri Estienne commet pourtant une erreur en citant au nombre des faits récents qui pourraient passer pour incroyables celui de la papesse Jeanne. Dans l'exemplaire d'Hérodote qui a appartenu à De Thou, et qui est chargé de notes de sa main, je lis celle-ci, en regard du fait allégué : *Fabula est quod hic author refert de papissa Joanna, fatentibus etiam ipsis hæreticis.*

il se serait, a-t-on dit, enfui en Auvergne, et forcé, pendant un hiver rigoureux, de s'y tenir caché dans les montagnes, il aurait souvent répété par la suite que jamais il n'avait eu si froid que lorsqu'on le brûlait à Paris. Le mot peut paraître piquant; mais ce récit romanesque n'en est pas moins controuvé. Seulement, ce qu'il y a de vrai, c'est que le rigorisme de Genève fut offensé d'une audace qui, comme une épée à deux tranchants, blessait amis et ennemis à la fois. A travers les papistes, il lui sembla que le christianisme était frappé : aussi peu s'en fallut-il que le consistoire et le conseil ne punissent cette satire protestante avec fureur. Ils la désavouèrent: des suppressions y furent exigées, et depuis ce temps Henri, suspecté et surveillé, passa dans la république de Calvin pour un auxiliaire compromettant. » (1)

Cette même année, Henri Estienne épousa Barbe de Ville, parente du savant Scrimger, Écossais de distinction, professeur à l'Académie de Genève et reçu bourgeois de cette ville : Hulric Fugger l'avait chargé de lui chercher des manuscrits précieux et d'en confier l'impression à Henri Estienne, qui s'était engagé à tirer pour Fugger un exemplaire sur parchemin, condition qui ne fut pas toujours exactement remplie, ce qui causa quelques démêlés. Vers cette époque la famille des Fugger étant parvenue à retirer à Hulric, qu'elle accusait de prodigalité, l'administration de ses biens, Henri Estienne écrivit à Cratho de Craftheim de lui découvrir quelque Mécène qui lui vînt en aide pour la publication des grands ouvrages de l'antiquité (2).

« Noble, riche et belle, et réunissant à la vertu les grâces et le doux charme de la persuasion, Barbe donna à Henri Estienne deux filles, dont une, Florence, fut mariée à Casaubon, et un fils, Paul, qui peu d'années après la mort de Henri Estienne fut un savant éditeur d'*Euripde* et qui composa sur la mort de son père une élégie en vers latins très-bien versifiée, pleine surtout de sentiments respectueux et de tout ce que la reconnaissance et l'amour filial ont de plus pur et de plus tendre (3). »

La mort de cette personne accomplie, survenue en 1581, lui fit ressentir d'aussi vifs regrets que la perte de sa première épouse; et il a laissé dans ses écrits et ses poésies des souvenirs de sa douleur, qui fut partagée, dit-il, par la ville tout entière. Il lui consacra cette épitaphe :

> Huic pudor et candor famam vicere fidemque,
>   Huic quæ tres Charitas gratia vicit, erat ;
> Huic sexum vicit prudentia, vicit et annos ;
>   Huic victum est morum nobilitate genus.

(1) Voir l'*Essai sur Henri Estienne* par M. Léon Feugère, en tête de la réimpression de la *Conformité du Langage françois*, etc., p. LXXXV ; Paris, Delalain, 1853.

(2) « Utinam vero mihi Mæcenatem aliquem, qui me ad præclarorum operum editionem adjuvaret, nancisci possem ! » (Lettre IX des lettres inédites publiées en 1830, par Passow, à Breslau.)

(3) Firmin Didot, *Observ. sur Robert et Henri Estienne.*

En 1567 Henri Estienne donna, en 2 volumes in-fol., *Artis Medicæ Principes post Hippocratem et Galenum*. Son oncle, Charles Estienne, médecin et savant imprimeur, l'avait initié à l'étude de la médecine et de la botanique ; ce qui lui permit de faire la traduction latine de tous ces auteurs grecs.

Dans un grand nombre de ses publications, Henri Estienne chercha avec raison à réunir en un seul corps d'ouvrage, et surtout dans un seul volume, plusieurs écrits ayant de l'analogie entre eux ; c'est ce que nous disent les deux vers qu'il fit pour ce recueil :

> Quærere quos ægri per compita multa solebant,
>   Hospita nunc per me est omnibus una domus.

Dans la préface, il signale l'avantage qui résulte de cette méthode pour les lecteurs.

Cette même année il publia le texte grec inédit des *Déclamations de Polémon; d'Himerius et autres sophistes*, avec les lettres latines de Parrhasius, et il ne refusa pas ses presses à l'Apologie de l'assassinat du duc de Guise par Poltrot de Méré, que P. Montaureus Rondæus (P. Mondor du Rondeau) avait composée en vers latins. A cette époque de passions et de haines furieuses, cette mort dut paraître à Henri Estienne une expiation de celle de Marlorat, son ami et celui de son père, ordonnée par le duc de Guise cinq ans auparavant.

L'édition du Nouveau Testament in-8°, où le texte grec est accompagné de la traduction latine et des commentaires de Théodore de Bèze, est fort belle ; elle est dédiée au prince de Condé et à la noblesse protestante de France.

Parmi les ouvrages qui parurent en 1568, on remarque les *Psaumes de David*, traduits par Henri en vers latins anacréontiques et saphiques, qu'il fit suivre d'une ode élégante, spirituelle et appropriée au sujet. A son édition de *Sophocle*, accompagnée des scolies et de ses observations, il mit sur le titre ce distique :

> Æschylon edideram; Sophocles invidit; at idem
>   Cur ab eo posthac invideatur habet.

Et en effet cette édition ne le cède en rien à celle d'*Eschyle* qu'il avait publiée en 1557.

Il publia séparément ses *Commentaires* sur *Sophocle* et *Euripide*, avec des dissertations, dont l'une traite des imitations d'Homère faites par Sophocle. Il donna aussi en quatre volumes les divers auteurs qui ont écrit sur l'*Histoire romaine*, collection qui renferme des index très-complets. C'est sur le titre des *Apophthegmes grecs*, publiés la même année, qu'on lui voit prendre pour la dernière fois le titre d'*imprimeur de Hulric Fugger*. Il donna encore cette année les textes inédits des hymnes de *Synesius* et de quelques odes de *Grégoire de Nazianze*, avec une traduction latine faite par le Crétois Fr. Portus.

En 1569 Henri Estienne publia deux opuscules latins qui intéressent particulièrement l'histoire de l'imprimerie ; l'un, en vers, est *La Plainte de la Typographie au sujet des imprimeurs igno-rants qui compromettent cet art.* Dans un moment d'indignation contre les éditions incor-rectes, publiées par des imprimeurs qui n'avaient fait aucune des études nécessaires, et qui étaient aussi ignorants que présomptueux, il s'écrie : « Que dirait Alde, s'il revenait sur terre, lors-« qu'il verrait la plupart des typographes de « nos jours ne savoir distinguer dans un livre « que la page blanche de la page imprimée? « Que diraient les illustres savants Musurus et « Lascaris, qui ne dédaignèrent pas de remplir « les fonctions de correcteurs d'épreuves, s'ils « voyaient leurs successeurs commettre les « fautes d'ignorance les plus grossières, rempla-« çant quelquefois des mots qu'ils ignorent par « d'autres, qui changent le sens de la manière la « plus ridicule, tels que *porcos* pour *procos, exa-« minare* pour *exanimare ; adhibe* pour *ad-« bibe,* etc. ? » A la suite de cette Plainte virulente se trouvent les *Épitaphes* en vers grecs et latins composées par Henri Estienne en l'honneur des imprimeurs qui sont la gloire de leur art : Alde Manuce, Joseph Bade, Conrad Bade, Conrad Néo-bar, Louis Tilletan, Adrien Turnèbe, Guillaume Morel, Jean Oporin, Robert Estienne. Il y a joint l'*Épitaphe* faite par Érasme pour Jean Froben.

L'autre opuscule est une lettre où il rend compte à ses nombreux amis de l'*état des travaux de son imprimerie, et particulièrement de son Trésor de la Langue Grecque;* c'est pour répon-dre à la fois à mille questions qui lui sont adressées de tous côtés qu'il entreprend cette lettre, où il rend compte des publications qu'il se propose de terminer prochainement (1). A cette occasion il si-gnale derechef les inconvénients qui résultent pour les auteurs anciens de tomber dans les mains d'imprimeurs ignorants, qui ne savent pas lire les ligatures, et qui voulant corriger une simple er-reur typographique, commettent une faute gros-sière. Plus dangereux encore, ajoute-t-il, sont ceux qui adoptent des corrections erronées et absurdes, ou remplacent, à l'aide de manuscrits récents ou dépourvus d'autorité, d'anciennes et authentiques leçons (2).

Henri donna aussi cette année le *Nouveau Tes-tament* en 2 vol. in-fol., grec, latin et syriaque, suivi d'une grammaire chaldéenne et syriaque; l'impression en est fort belle.

Pour que chacun pût toujours avoir avec soi les plus belles *Sentences des Comiques grecs,* Henri Estienne fit un choix qu'il imprima dans un tout petit format (in-24) et en très-petits carac-tères, donnant ainsi l'exemple des éditions *mi-croscopiques.* Il les accompagna d'une traduc-tion latine et de notes ainsi que d'un *Traité sur les Sentences.* Ce petit volume, grand, dit-il, par son contenu, mais qu'il appelle avec raison *pu-sillus* quant au format, ne serait selon lui qu'une sorte d'écrin de pierres précieuses montées sur un vil métal, allusion à la prose de ses notes et aux vers de sa traduction. L'éloge qu'il fait de Ménandre le fera peut-être, ajoute-t-il, nommer φιλομένανδρος ; mais on ne doit point oublier que saint Paul, pour appuyer sa divine parole, a cité l'une des sentences de ce grand poëte, ce que fit aussi Tertullien.

Cette même année il fit réimprimer à Paris, chez son frère Robert, son traité de la *Confor-mité du Langage françois avec le grec.*

En 1570, avec une nouvelle édition d'*Hérodote* in-fol., Henri Estienne en fit paraître une de *Dio-gène Laerce,* grecque et latine, qui doit être con-sidérée comme entièrement nouvelle, tant il y a inséré de parties récemment découvertes dans les manuscrits; il y a joint des commentaires. Il donna aussi un recueil de plusieurs écrits, parmi les-quels ceux d'*Athanase,* d'*Anastase* et de *Cy-rille* étaient inédits; sa traduction latine les accompagne. Après avoir publié cette année un choix des plus belles *épigrammes de l'Antho-logie,* avec deux traductions latines faites par lui, l'une en prose, l'autre en vers, Henri-Estienne s'est plu à traduire en latin un des distiques de l'Anthologie de cinquante manières différentes, amusement de l'esprit bien peu sérieux, dit avec raison le Père Le Vasseur, qui lui reproche d'avoir consacré à beaucoup de dissertations et écrits souvent prolixes et de peu d'importance un temps qu'il aurait pu mieux employer. Mais on doit regarder ces bagatelles comme des dis-tractions utiles au délassement de cet esprit, toujours occupé, souvent si péniblement. et qu'il composait, ainsi qu'il l'a dit, *inter equitandum et tædium laboremque viæ tacito hoc lusu fal-lens* (1).

Le 6 février il fut interdit de la cène par mes-sieurs du consistoire de Genève pour avoir publié sans leur autorisation cette Anthologie; mais le 30 la cène lui fut rendue, après admonition.

En 1571 il ne sortit aucun ouvrage de ses presses : tous ses autres travaux étaient absorbés par la grande publication qui devait paraître l'an-née suivante.

---

(1)... « Litteris mox obruor
Italis ab oris, gallicis et anglicis,
Germanicisque, quæ novi quid moliar
Aggressus aut quid sim, quid aggredi parem,
Futurus ordo quis laborum sit, rogant ;
Et plura rebus scire de meis avent,
Quam scire, vates ipsemet ni sim, queam. »

(2) Ainsi, dans un vers bien connu d'Euripide, là où, par une simple et légère erreur typographique, Alde avait mis ὅμωι au lieu de ὅμως, rectification que tout lec-teur faisait sans hésiter, le correcteur de l'imprimerie d'Hervag a transformé cet ὅμωι en ὅμοι, et ces deux fautes déroutent complétement le lecteur.

(1) « Hoc profiteor, qui inter meos versus græcos pariter latinosque magis probantur, vel potius minus impro-bantur, eos a me equitante scriptos omnes fuisse : ejus-que laboris hanc mercedem retulisse, quod mens dum in eo esset occupata, non solum omnis ipsa ægritudinis oblivisceretur, sed ipsi adeo corpori famis sitisque (si quando via jejuno longior esset), aliorumque omnium quibus alioqui obnoxii sunt viatores incommodorum, dulcem oblivionem afferrent. »

C'est dans l'année 1572, année de la Saint-Barthélemy, qu'apparut l'immense ouvrage le Thesaurus Græcæ Linguæ, dont les premiers matériaux avaient été rassemblés par Robert Estienne. Achever cet ouvrage était un devoir de famille ; il fut rempli religieusement par Henri Estienne : son père avait désiré que l'ordre étymologique fût préféré à l'ordre alphabétique, bien qu'il eût adopté celui-ci pour son Dictionnaire latin. L'Académie Française avait également adopté pour son Dictionnaire ce système étymologique, où les mots sont rangés par racines ; mais elle l'abandonna dès sa seconde édition, quoiqu'il fût plus logique : l'usage et l'économie du temps prévaudront toujours.

L'édition fut probablement imprimée à petit nombre, car il y eut successivement des réimpressions partielles, qui constituent véritablement deux éditions. D'après les catalogues, le prix de vente des 5 volumes in-fol. était de 10 livres. Quoique cet ouvrage fût dédié à l'empereur Maximilien II, au roi de France Charles IX, à Élisabeth, reine d'Angleterre, à Frédéric, comte palatin, à J. Georges, marquis de Brandebourg, et aux académies de ces divers pays, ce qui suppose que l'auteur de ce monument européen reçut quelques secours de ces souverains amis des lettres, il est certain que le malheur des temps, l'abrégé qu'en fit paraître frauduleusement Scapula et les dépenses exigées par une telle entreprise absorbèrent la fortune de Henri Estienne. Il nous fait assister à ses perplexités : tout abandonner était une ruine, continuer en était une autre ; heureusement pour les lettres, cette dernière crainte l'emporta sur la première, et il eut le courage d'achever cette œuvre, *qui dévora le patrimoine de ses pères.* C'est ce qu'attestent les deux vers imprimés sur le titre même de ce livre, que De Thou déclarait un *Trésor supérieur en richesses au trésor de beaucoup de princes :*

At Thesaurus me hic de divite reddit egenum,
Et facit ut juvenem ruga senilis arct.

Mais cette vieillesse anticipée n'apporta aucun affaiblissement à l'esprit et au zèle de Henri. On remarque toutefois que c'est à partir de cette époque que sa vie devient plus agitée, son caractère plus aigri et ses voyages plus fréquents. Il quitte Genève, soit pour aviser au placement de ses livres, dont très-probablement ses magasins étaient encombrés, soit pour rechercher et collationner de nouveaux manuscrits, soit pour se distraire de ses peines par l'étude ou la conversation de ses amis, soit pour vivre à Paris, dont le séjour le charmait, et où il trouvait à la cour de Henri III et auprès de ce monarque l'accueil le plus favorable.

Cette même année Henri Estienne fit paraître sa belle édition grecque et latine de *Plutarque* en 13 vol. in-8°, accompagnée de ses observations. Il corrigea considérablement le texte, d'après de très-anciens manuscrits ; quelques traités même ont été traduits par lui. En adoptant plusieurs corrections proposées par ses prédécesseurs, il en introduisit dans le texte quelques-unes sans les indiquer *comme siennes* dans ses Observations, en sorte qu'on ignore, dit avec raison Wyttenbach, si elles proviennent de quelque manuscrit maintenant inconnu ou si elles sont de simples conjectures. Plusieurs corrections lui furent suggérées par la traduction française d'Amyot, qu'il déclare être aussi savante qu'élégante.

Tout en blâmant l'oubli de l'indication des sources d'où proviennent ces modifications, Wyttenbach fait le plus grand éloge du travail et du mérite de Henri Estienne ; et blâmant ceux qui se permettent d'attaquer cet homme extraordinaire, il s'exprime ainsi à son égard : « Fuit enim hic vir « unus omnium idem et laboriosissimus et effica- « cissimus et eruditissimus, qui plures auctores « antiquos tractavit et edidit quam isti reprehen- « sores legerunt, plura scripsit quam isti fando « audiverunt, majorem doctrinam animo percep- « tam tenuit quam isti suspicione attingere potue- « runt (1). »

Enfin, ce qui prouve son infatigable activité, on voit Henri Estienne publier en 1573 la première édition grecque et latine du *Droit oriental,* avec privilége de l'empereur d'Allemagne ; — une réimpression de son traité *De Abusu Linguæ Græcæ* ; — une édition des *Œuvres de Varron* ; — un recueil de *Poésies philosophiques grecques* ; *Empédocle, Xénophane, Timon, Parménide, Cléanthe,* etc. ; collection précieuse faite avec grand soin par Henri, et dont les textes étaient inédits pour la plupart : elle n'a pas encore été réimprimée ; — la première édition d'un petit traité en grec *Sur Homère et Hérodote,* suivi de divers opuscules, et des imitations ou parodies d'Homère et autres poëtes, avec une double traduction latine, dont une d'Henri ; — un volume composé d'un *Choix de Sentences* extraites des auteurs grecs et traduites par lui, aussi en vers ; — enfin deux autres ouvrages.

Une telle quantité d'importantes publications est sans doute un sujet d'étonnement, mais aussi un sujet d'affliction, lorsqu'on songe aux résultats commerciaux de tant d'entreprises aussi audacieusement accumulées.

En 1574 Henri Estienne ne donna qu'une seule édition, celle des *Argonautiques d'Apollonius de Rhodes,* avec des observations qu'il invite le lecteur à étudier, pour qu'il puisse se convaincre du soin qu'il a apporté à ce travail ; et un petit écrit intitulé *Francofordiense Emporium,* dans lequel il signale le bon accueil qu'il a reçu en Allemagne et les services que ce pays rend aux lettres, particulièrement par l'établissement de la foire de Francfort, où de tout l'univers on vient acheter des livres et mille objets divers (2).

(1) Præfatio in *Moralia,* p. cxiv.
(2) Quelques pièces enjouées se trouvent à la suite ; Henri s'y plait à plaider le pour et le contre : tantôt c'est le vin, tantôt ce sont deux chevaux sur lesquels il voya-

Cette année H. Estienne voyagea en Hongrie, pays dont il fait un triste tableau ; toutefois, il fut frappé de cette réponse d'un Hongrois : « Nos maux sont grands sans doute, mais moindres que ceux de la France ; c'est sur ceux de ton pays qu'il te convient d'abord de t'apitoyer. »

Les principaux ouvrages publiés en 1575 sont : l'*Horace* et le *Virgile* in-8°, avec des notes marginales et des dissertations placées à la fin. Ces belles et excellentes éditions, non datées, sont dédiées l'une au conseiller Jean de Bellièvre, ambassadeur en Suisse, l'autre à un savant hongrois, Thomas Rediger, qui par estime et par amitié pour Henri Estienne l'aidait dans ses grandes publications et lui envoyait des présents. En rappelant ce fait, Henri témoigne sa reconnaissance pour l'appui et le bienveillant accueil qu'il a reçus des Allemands. Ces éditions sont très-correctes, et l'on peut dire que c'est avec amour qu'il a publié ces deux poëtes, dont tous les vers étaient gravés dans sa mémoire. Les commentaires qu'il y a joints ne sont pas, comme ceux d'Alde Manuce pour le *Virgile* publié en 1558 de simples extraits de Servius ; par ce que Henri Estienne dit dans sa préface, on peut juger de la supériorité de son édition sur celles qui l'ont précédées. Il réimprima le *Virgile* en 1583 et l'*Horace* en 1588, avec des améliorations et additions.

Dans la préface du recueil des *Orateurs grecs*, après avoir déploré les malheurs de sa patrie, ensanglantée par les guerres civiles, Henri Estienne rend compte à Pierre Bouillot de ce qu'il a fait pour cette édition : « Ne voulant, dit-il, ni démériter de sa propre estime ni des exemples paternels, il a rendu son édition infiniment supérieure à celle des Alde, et surtout aux éditions d'Allemagne, où, tout en conservant les erreurs d'Alde, de plus grossières ont été commises par l'introduction de corrections *sans en prévenir le lecteur, ce qui est le comble de l'audace*, et ce dont, ajoute-t-il, il s'est bien gardé. » Dans l'*Arrien*, publié avec autant de soin la même année, les corrections qu'il a proposées sont inscrites en marge.

Si l'on excepte peut-être son édition de *Plutarque*, Henri Estienne ne mérite nullement le reproche qu'on lui a fait quelquefois d'avoir substitué ses corrections à des leçons qu'il regardait comme vicieuses. Je crois que si dans ses éditions quelques leçons diffèrent des manuscrits que l'on connaît, ce ne peut être que d'après l'autorité d'autres manuscrits, maintenant inconnus, qu'il s'est permis ces changements, car il a toujours protesté énergiquement contre ceux qui sans en avertir osaient corriger les textes (1).

En 1576 Henri Estienne se trouvait à Vienne, lors de la mort de l'empereur Maximilien. Ce généreux protecteur des beaux-arts et de l'imprimerie, à qui il avait dédié son *Trésor de la Langue Grecque*, l'avait souvent invité à venir à Vienne se joindre aux savants qu'il attirait dans son palais, et avec plusieurs desquels Henri entretenait des relations amicales, tels que le conseiller et premier médecin de l'empereur, Cratho de Craftheim, le savant et infatigable Sambucus et quelques princes et grands dignitaires de l'Empire.

Pendant un voyage qu'il venait de faire en Autriche, il avait composé, à cheval et pour *tromper l'ennui du voyage*, des traductions en vers grecs de *Sentences morales* extraites d'auteurs latins.

C'est alors que parut, sous le voile de l'anonyme, le libelle satirique qu'on lui attribue, et qui est intitulé : *Discours merveilleux de la vie et des déportements de Catherine de Médicis, royne mère, auquel sont récités les moyens qu'elle a tenus pour usurper le gouvernement du royaume de France et ruiner l'Estat d'iceluy.*

Témoin des malheurs et des dissensions civiles de la France, qu'il aimait passionnément, Henri Estienne, qui nourrissait une haine profonde contre ceux qui avaient contribué à l'exil de son père et au massacre des protestants, fit, dit-on, contre Catherine de Médicis ce pamphlet, aussi énergique qu'éloquent, et plus outrageux pour elle que ne l'avait été pour le clergé l'*Apologie d'Hérodote*. Cette princesse était Italienne, ce qui pour Henri Estienne était un motif de plus de la haïr. Il la représente comme l'auteur de tous nos maux, ne reculant devant aucun crime, recourant même au poison ou à l'assassinat ; enfin, pour accabler cette *grande coupable*, qu'il appelle une Brunehaut italienne, il la menace d'un supplice pareil (1).

Et pourtant Henri Estienne ne craignit pas de venir à Paris à cette époque, ce qui est fort digne de remarque, et porterait à croire qu'il n'était pas l'auteur de cet écrit, malgré l'opinion du Père Lelong et de Bayle.

Dans cette année 1576 il donna une petite édition grecque du Nouveau Testament, avec des observations placées en marge. Sa dissertation sur la grécité du Nouveau-Testament est regardée comme un véritable chef-d'œuvre, et l'on s'étonne qu'elle n'ait pas été reproduite. Dans l'écrit intitulé *De Latinitate falso suspecta*, Henri Estienne montre combien dans les anciens auteurs latins on rencontre de locutions qu'on pourrait

---

geait ; l'un, excellent, est comparé à Pégase, l'autre au cheval de Troie.

(1) On lit en effet dans la préface des *Castigationes in Ciceronem*, faisant suite à son *Ciceronianum Lexicon*... : « Ex ingenio atque ex conjectura quæ corrigere possem non deerant, at quæ vellem et auderem emendare non erant. Quare? Nimirum ne, qui omnes qui id facerent temerarios judicabam semperque judicaveram, cujus criminis alios arguebam, eodem ipse damnandus jure optimo essem. »

(1) C'est probablement l'exagération même de ce pamphlet, quelques vérités qu'il contînt, qui le fit mépriser de Catherine. On assure que lorsqu'elle en eut connaissance elle dit : *Que l'auteur ne venait-il me trouver? je lui en aurais dit bien d'autres.* M. Sayous, dans ses *Études sur les Écrivains français de la Réformation*, appuie du poids de son autorité l'opinion qui ne reconnaît ni pour le fond ni pour la forme Henri Estienne comme l'auteur de cet écrit.

considérer comme des *gallicismes*. Cet ouvrage, dit M. Léon Feugère, est écrit avec élégance, et par les analogies fréquentes qu'il présente entre les deux langues il pourrait être appelé un traité *De la Conformité du français et du latin*. Henri Estienne commence par déclarer que, fils de Robert Estienne, l'auteur du Trésor Latin, il repousse tout reproche qu'on voudrait lui faire de laisser introduire la barbarie dans la langue latine. A la suite de cet ouvrage est un traité sur la latinité de Plaute, dont il fait un grand éloge; il est daté de sa terre seigneuriale de Grière.

En 1577 parurent le *Pseudo-Cicero*, critique en forme de dialogue qu'il écrivit contre ceux qui font abus de locutions qu'ils prétendent cicéroniennes, et qui souvent proviennent de la corruption des manuscrits; — *Les Lettres familières de Cicéron*; — un volume de Commentaires; — le *Callimaque* in-4°, avec une double traduction latine, terminée par ses observations et corrections; — l'*Orbis Descriptio* de *Denys d'Alexandrie* est accompagné d'une traduction littérale par Henri Estienne et suivi d'autres géographes grecs et latins, auxquels il a joint des commentaires.

Henri Estienne publia aussi cette année, sous le titre d'*Epistolia*, un choix des meilleures lettres, dialogues, discours, etc., pour servir de modèle de style et de brièveté; car, à l'exemple de son père, il composa plusieurs ouvrages destinés à l'éducation. C'est ainsi qu'en 1573 il avait donné un choix de maximes et d'exemples vertueux, sous le titre de *Virtutum Encomia, sive gnomæ de virtutibus*. Pendant son séjour à Vienne, en Autriche, il avait aussi composé un recueil des *Pensées les plus belles* prises dans les *poëtes latins*, travail qu'il entreprit, dit-il, pour se distraire des malheurs qui désolaient la France.

En 1578 il imprima le *Platon* dit de Serranus, 3 vol. in-fol., très-belle édition, surtout le grand papier; les caractères en sont neufs, le tirage très-soigné, et la correction irréprochable. Henri y ajouta des observations; mais malheureusement il s'en est rapporté trop aveuglément à Serranus pour la traduction latine. Le tome 1er est dédié à la reine d'Angleterre Élisabeth; le second à Jacques VI, roi d'Écosse, et le troisième à la République de Berne.

Le *Nizoliodidascalus* est une critique de ceux qui veulent écrire en latin au moyen du Lexique de Nizzoli, composé de phrases de Cicéron. Les *Schediasmata* d'Henri Estienne sont encore un ouvrage de critique philologique, qui devait paraître trimestriellement. Sur le titre il annonce que cette première publication contient le résultat de ses heures de loisir en *janvier, février* et *mars*.

> Tres tantum natus menses adeone placere ?
> Annum ubi natus ero, posse placere puto.

Les *Deux Dialogues du nouveau françois italianizé et autrement déguizé*, principalement entre les courtisans de ce temps : de plusieurs nouveautez qui ont accompagné cette nouveauté de langage ; de quelques courtisanismes modernes et de quelques singularités courtisanesques, est un livre écrit par H. Estienne avec une grande hardiesse de langage. Il est, comme on le voit, dirigé contre la cour de Catherine, et s'attaque à l'influence qu'elle et ses courtisans exerçaient sur la langue française, qu'ils dénaturaient et rendaient fade et mignarde, de mâle et sonore qu'elle était.

La cause de la France est plaidée par Philocelte, celle de l'Italie par Philausone; après de longs entretiens et des dissertations ou excursions (1) souvent hors de propos, mais curieuses pour l'histoire des mœurs et du langage, ils se rendent devant Philalèthe, qui, comme on doit s'y attendre, donne la préférence à l'idiome français et veut qu'il reste exempt d'alliage étranger. Henri Estienne s'y montre aussi jaloux de l'honneur et de la prospérité de la France que de la pureté et de la précellence de son langage :

> Considérant (dit-il) que l'honneur et le bien
> De mon pays m'est cher comme le mien,

il repousse cette invasion de mots étrangers, et dépeint énergiquement cet amour funeste de nouveautés qui de tout temps exista en France :

> . . . .
> Et qui leur a ce fatras inventé ?
> Un indiscret desir de nouveauté.
> Cette façon de mots leur semble belle,
> Tant seulement pour ce qu'elle est nouvelle,
> Sachant que mieux l'aureille on prêtera
> Quand mots nouveaux résonner on fera.
>
> . . . .
> Car de tout temps désir de nouveauté
> A nos François reproché a esté.
> Vous voyez jà comme je vous confesse
> Notre vieil mal qui encore ne cesse,
> Et qu'ainsi soit, trouvons toujours plus beaux
> Nouveaux habits, et nouveaux sur nouveaux,
> Et bien qu'ils soient de façon incommode,
> Suffit qu'ils soient à la nouvelle mode.
>
> . . . .
> Il faut changer, et dût-on aller querre
> Ce changement jusqu'au bout de la terre.

Quelques passages trop libres que contenait cet écrit indisposèrent contre Henri le conseil de Genève. On lui reprochait d'avoir introduit des changements dans la copie présentée aux scolarques. Mandé le 11 septembre devant le conseil, il crut prudent de n'y point paraître, et se réfugia à Paris, où le roi Henri III l'accueillit aussi favorablement qu'autrefois, et fit même demander au conseil un sauf-conduit pour lui. « Henri Estienne, disait-il, se fâche de ne pouvoir s'employer à l'impression comme il le désire. » Le 10 décembre 1579, le chroniqueur Michel Roset, syndic de Genève, répondit à M. de Sancy, ambassadeur du roi en Suisse, « qu'Henri Estienne s'estoit rendu suspect en demandant un sauf-conduit; que du

(1) Tel est le récit, d'après Froissart, de l'amour du roi Édouard d'Angleterre pour la comtesse de Salisbury, une sortie contre l'usage des buscs et des caleçons pour les femmes, etc.

« reste il estoit bien libre d'abandonner Genève
« et de rentrer en France ».

Après un séjour de dix-huit mois à Paris, Henri Estienne dut revenir à Genève pour ses affaires commerciales. Son procès fut repris , et on lui rappela que déjà le conseil l'avait réprimandé pour son *Apologie d'Hérodote* et ses *Épigrammes.* On lit sur les registres que « Henri Estienne se montra en tout enflé et pré-
« somptueux. Pourquoy, suivant ses réponses
« et les fautes qui sont en luy, à cause de plu-
« sieurs livres scandaleux et hors d'édification ,
« on lui défend la cène et aussi lui fait-on bonnes
« remontrances et censures (1)... »

En vain Henri Estienne répondit que Théodore de Bèze avait lu le livre et n'y avait rien trouvé à changer ; il fut obligé de comparaître plusieurs fois devant le conseil, et s'y défendit energiquement ; il s'éleva surtout contre le reproche d'athéisme, attestant « qu'il n'endurerait jamais un pareil reproche, et que plutôt que d'être un athée, il endurerait la mort ». Il demanda qu'on lui montrât ce qui pouvait donner lieu à une telle accusation, et ne craignit pas de dire que pour s'y refuser, il *fallait être un peu hypocrite.* Il ajouta que
« les ministres (protestants) de Paris lui avoient
« dit que l'*Apologie d'Hérodote* avoit beaucoup
« servi à démontrer les vices, et que les ministres
« sont bien contraints de dire en chaire beaucoup
« de choses pour reprendre les vices ».

Le conseil en fit saisir les exemplaires, et le mois suivant condamna Henri à la prison , pour avoir imprimé sans permission ; mais huit jours après il fut relâché, ayant reconnu son tort.

Ses ouvriers furent aussi poursuivis, pour fait de compagnonnage et de propos trop libres, ayant dit qu'il y avait plus d'hypocrisie à Genève qu'ailleurs.

Le caractère de Henri Estienne fut aigri de toutes ces contrariétés , auxquelles se joignaient des embarras pécuniaires, qui étaient tels, qu'il ne pouvait payer ses ouvriers. On peut juger de sa détresse par sa réponse au conseil de Genève, le 2 novembre 1570 , relativement au reproche qu'on lui faisait de n'avoir point avancé de fonds à l'un de ses frères sur des effets non encore échus et de l'avoir ainsi laissé dans l'embarras. Il dit
« qu'il avoit esté malade comme son frère, et lui
« avoit assisté de ce qu'il avait pu , comme de
« chaponneaux , poussins et autres vivres ; qu'il
« lui avoit bien esté parlé d'avances d'argent ,
« mais que luy-mesme ne vit de provisions et
« achepte ses viandes d'un repas à l'autre, et
« par ce n'a le moyen d'avancer de l'argent (2). »

En 1579 il ne publia qu'un seul volume , les *Idylles de Théocrite* et autres poëtes, avec la traduction latine qu'il en avait faite. Il en améliora aussi le texte qu'il avait déjà publié, dans une belle édition, en 1566. Parmi quelques pièces de vers latins sont deux élégies de Properce, dont il a traduit l'une en vers grecs.

Cette même année Henri Estienne fit imprimer chez Mamert Patisson, son neveu par alliance, qui, après la mort de Robert Estienne, son frère, gérait l'ancienne maison paternelle, son *Essai sur la Précellence du Langage François*, ouvrage précieux , mais rédigé trop rapidement , et presque de mémoire, dans l'espace de trois mois, sur le vif désir qu'en avait témoigné Henri III dans ses fréquentes conversations avec Henri Estienne. L'excellence de la langue française ne préoccupait pas moins le roi que l'imprimeur. Voici l'agréable récit qu'en fait Étienne dans ses *Hypomneses.*

Promissum is a me quum librum quemdam audiit ,
Linguam studebam quo probare Gallicam
Præcellere aliis omnibus (sed excipi
Græcam volebam, prisca qualem sæcula
Illam audiere , non eam qualem sonant
Qui nunc eorum posteri dici volunt),
Urgere cœpit hunc ut in lucem darent.
Respondeo : A me scriptus is nondum fuit :
Promissus a me est. Hæc requirit scriptio
Quædam memoriæ subsidia. Sed hæc domi
A me relicta. Tunc , Quid ? an caput quoque
Domi relictum (dixit)? At si non domi
Fuit relictum, memoriæ pars maxima
Remanet in illo. Si secus, dicenda sit
Valde infidelis : scripta quum tamen tua
Testentur aliud. Sit animus præsens tibi.
Boni illud ipse censulam quod scripseris.
Unum videto, longa ne sit hic mora.
Quod pollicetur (aio) Majestas tua ,
Consulere sese velle quæ scribam boni ,
Alacriorem jussa reddet ad tua.
Discedo honore lætus ; at valde anxius,
Onere sub isto ne labans, sim fabula....
. . . . Luna vix orbem suum
Ter (credo) junctis cornibus compleverat,
Offertur ille quum liber, non qui foret
Calamo exaratus, sed typorum litteris.

L'accueil qu'il recevait à la cour, les désagréments que lui faisait éprouver le rigorisme de Genève retenaient Henri Estienne à Paris , où il nous dit qu'il menait la vie d'un demi-courtisan, *semi-aulicus.* Une gratification de mille écus lui fut donnée par le roi pour son écrit de la *Précellence de la Langue Françoise* (1) , et une pension de trois cents livres lui fut assignée sur le chapitre des Ligues suisses, « en considération, dit le brevet, des services que lui et ses prédécesseurs m'ont ci-devant faits, comme j'espère qu'il continuera à l'avenir, tant du côté de la Suisse que ailleurs, selon que les occasions s'en pourront offrir ».

en effet que Robert, *frere de Henri Estienne,* mourut à Genève avant le mois de novembre 1570.

(1) Ce récit est agréablement raconté par Henri Estienne dans le dialogue qui fait partie de son recueil intitulé *Musa monitrix.* Il y dit que lorsqu'il se présenta pour toucher cette somme, le *thesaurarius* (Molant , grand larron, disent les mémoires du temps) ne lui en offrit guère que la moitié , au lieu du tout. Henri s'emporta ; mais il lui fut répondu : Vous avez tort, car plus tard vous reviendrez , mais il sera trop tard. C'est en effet ce qui arriva. et H. Estienne, éconduit, dut retourner à Genève avec ses titres en parchemin , désormais frappés de nullité par la mort du roi.

(1) Voir *Études sur la Typographie genevoise,* par M. Gaullieur, p. 66-68. Nous lui devons la connaissance de ces détails.

(2) Le document cité par M. Gaullieur donne à *ce frère* de Henri le nom de Robert : le relevé de plusieurs actes insérés au *Registre des particuliers* à Genève que M. Gaullieur a bien voulu me communiquer constate

Mais peu s'en fallut que la faveur dont il jouissait auprès du roi ne lui devînt funeste. Dans l'intimité de leurs entretiens familiers, un secret avait été confié : il fut divulgué ; le roi menaça Henri de sa colère, qui s'évanouit heureusement lorsque celui-ci, à force d'instances, fit ressouvenir le roi qu'un tiers était présent à leur entretien (1).

En 1580 parut la troisième édition du *Nouveau Testament* grec, avec deux traductions et des explications et annotations. Ce volume in-folio, à cinq colonnes, est très-bien imprimé. Il en a donné une quatrième édition deux ans plus tard. Il fit aussi paraître un grand travail sur le droit, étude à laquelle il s'était appliqué dès sa jeunesse. Cet ouvrage, en un gros volume in-8°, intitulé : *Juris civilis Fontes et rivi*, etc., n'était que le précurseur d'un travail plus considérable annoncé par Henri Estienne, mais qu'il n'eut pas le temps d'achever.

En 1581, outre une édition complète de *Varron* in-8°, fort améliorée, ainsi que des Lettres de *Pline le jeune*, également in-8° (sept éditions des *Lettres de Pline* furent imprimées par H. Estienne ou par son fils), il donna un choix de Lettres de Pierre Bunel, *précepteur*, et de Paul Manuce, *disciple*, dédiées à Henri III. Dans une épître adressée au roi, il lui rappelle un entretien, où sur sa demande s'il était vrai que la France n'eût pas de cicéroniens à opposer à ceux d'Italie, il l'avait assuré du contraire : c'est pour lui en fournir la preuve que dans ce volume il met en parallèle avec Alde Manuce, Bembo, et Sadolet, les doctes Français, non moins habiles écrivains dans le style de Cicéron, Pierre Bunel, dont Alde se vantait d'être le disciple, Longolius et autres (2). La même année il fit paraître une nouvelle édition de *Xénophon* in-fol. en grec, bien supérieure quant au texte et aux annotations à celle qu'il avait donnée en 1561, ainsi qu'il le déclare sur le titre. Au texte grec des *Histoires d'Hérodien* il ajouta une traduction latine et des notes savantes. La suite, inédite, à cette histoire par *Zosime* est accompagnée de la traduction latine de Henri.

Dans les *Paralipomena Grammaticarum Gr. Ling.*, H. Estienne signale quelques points sur lesquels les grammairiens se sont trompés et quelques lacunes qu'on peut leur reprocher. Il blâme Scapula d'avoir appelé *Nouveau Dictionnaire* le plagiat qu'il a fait à son *Thesaurus Græcæ Linguæ*, et il témoigne sa reconnaissance pour Sylburg, son élève, dont il se glorifie.

De nouveau en butte aux vexations du conseil de Genève, le 1er septembre 1581 il fut cité pour avoir imprimé sans autorisation préalable les *Fastes consulaires* de Sigonius. Après une verte réprimande, il fut condamné à une amende de 25 écus, réduite ensuite à 10 écus, payables en trois semaines. On conçoit que ces tribulations durent de plus en plus lui faire prendre en dégoût le séjour de Genève; l'impression de cet ouvrage, qui n'avait aucun rapport avec la religion ou la politique, fut abandonnée, et il est même probable qu'Henri Estienne eût transporté ailleurs son imprimerie s'il n'eût pas été retenu par le vœu et le testament de son père (1).

Pour échapper à ces contrariétés, il sella son cheval, et partit en voyage, selon son habitude.

1582. Il ne parut cette année que la quatrième édition du *Nouveau Testament*, et on ignore où il imprima ses *Hypomneses de Gallica Lingua*, ou mémoires sur la langue française. C'est à cause de cet ouvrage que l'abbé d'Olivet regarde Henri Estienne comme le meilleur grammairien du seizième siècle. Cet écrit a pour but de faciliter l'étude de la langue française aux nationaux et surtout aux étrangers : il y est traité de la bonne prononciation et de l'orthographe, des sources anciennes de notre idiome, des fautes de langage et des altérations de la quantité. Dans la préface il s'occupe des variétés de l'ancien langage français propres à chaque province; variétés qu'il compare aux dialectes de la Grèce. Conformément à cette idée, il voudrait pouvoir les réunir autour du plus parfait de tous, celui de l'Ile-de-France, pour l'enrichir en le complétant. Déjà dans son traité de la *Précellence* il avait exposé ce système : « Ainsi qu'un homme fort « riche n'a pas seulement une maison bien meu- « blée à la ville, mais en ha aussi ès champs « en divers endroits, pour aller s'esbattre quand « il lui convient de changer d'air; ainsi nostre « langue ha son principal siége au lieu principal de « son pays, mais en quelques endroits d'iceluy en « ha d'autres, qu'on peut appeler *ses dialectes*. »

1583. Un *Commentaire* sur les prophètes et une réimpression, sans date, de son édition de *Virgile* de 1575 parurent cette année.

1585. Il imprima ou plutôt il fit imprimer à Paris, avec privilége du roi, l'édition d'*Aulu-Gelle*, dont il revit le texte, qui était très-incorrect, et qu'il accompagna d'observations et d'opuscules intitulés : *Noctes Parisinæ*. Rappelant dans la préface, adressée à son fils, Paul Estienne, les travaux de sa famille, il les lui montre comme un motif d'encouragement, et l'exhorte à supporter avec une fermeté stoïque les malheurs de la vie. Il le réprimande de tant s'attrister du tremblement de terre qui a détruit son manoir seigneurial de Grière; il lui dit que quant à lui, l'annonce de cet événement ne l'a pas plus troublé que lorsqu'il apprit le saccage qu'en avait fait une troupe de soldats

<hr>

(1) Ce recit est fait egalement en vers dans le même ouvrage, p. 87.

(2) Il raconte plus au long cet entretien, en cinquante-quatre vers, dans son poëme : *Musa monitrix Principum*, p. 210.

(1) Dans la rue des Belles-Filles, près de la cathédrale, l'imprimerie de M. Fick occupe encore aujourd'hui l'emplacement de l'imprimerie des Estienne, et jusque vers 1820 leurs anciennes presses en bois et un grand nombre de leurs vignettes et lettres fleuronnées s'y étaient conservées. C'est à cette époque seulement que M. Fick père s'en défit d'une partie, et brûla l'autre, dans un hiver rigoureux.

quelques années auparavant; qu'il fallait du reste se consoler, puisque la tour ne s'était pas écroulée. Peu auparavant il avait perdu dans un naufrage tous les livres qu'il envoyait à Francfort.

Dans les *Noctes Parisinæ*, il entre dans de grands détails sur Aulu-Gelle, et prend la défense de son livre contre les attaques de l'Espagnol Vivès, qui trouve que le style de Sénèque, son compatriote, a été trop décrié par Aulu-Gelle. La préface, adressée au premier président du parlement, Achille de Harlay, contient un agréable récit d'une conversation familière entre Henri Estienne et le célèbre avocat Pasquier au sujet de la diatribe de Vivès.

La même année il donna, d'après plusieurs manuscrits, une édition de *Macrobe* in-8°, dont il revit le texte avec soin. Dans une lettre qu'il écrit à Danès, il s'excuse sur ce que son édition n'a pas été imprimée chez lui et laisse beaucoup à désirer sous le rapport de la correction typographique. Il n'a pas négligé d'avertir que dans les derniers temps quelques ouvrages n'ont pas été imprimés chez lui, mais en divers pays.

A l'âge de cinquante-huit ans (1586), Henri Estienne épousa, en troisièmes noces, Abigaïl Pouppart, qui lui survécut. Cette année il publia une nouvelle édition de *Pindare* et de *Théocrite*, et un écrit latin de sa composition, *Pour se préparer à la lecture de Sénèque*. Il y propose des corrections nombreuses au texte de cet auteur.

En 1587 le courage de Henri Estienne eut à soutenir les plus rudes épreuves. A la suite d'une famine, la peste ravagea Genève et son territoire. Elle frappa sa famille. « Un contemporain, François Hottman, en peignant l'aspect désolé de cette cité, en proie à la famine et à la contagion, nous montre Henri Estienne confiné par le fléau dans sa maison, et creusant la terre de son petit jardin pour y ensevelir sa tante, sa mère, et l'une de ses filles, expirées entre ses bras, tandis qu'il tremble encore pour la vie menacée d'un autre de ses enfants » (1). Il donna cependant une édition in-16 du *Nouveau Testament* grec, très-soigneusement imprimée, avec les caractères de Garamond, et accompagnée de variantes, etc. Le recueil sur la *Vraie Prononciation grecque*, par divers savants, est suivi de la *Vraie Prononciation latine* par Juste-Lipse. Partisan de la prononciation qui s'est conservée chez les Grecs modernes, Henri Estienne n'a hésité que sur la similitude du son des η, ει, υ et ι. Il donna en outre cette année deux écrits de lui : l'un traite des *Critiques grecs et latins* et des erreurs qu'ils ont commises : il y ajoute un grand nombre de corrections qu'il propose sur divers auteurs; l'autre contient deux dialogues *Sur la meilleure manière de se préparer à l'étude du grec*; il s'y élève contre l'abus des grammaires, véritables *moulins à paroles*, où l'on

enchaîne trop longtemps les élèves à tourner la meule au lieu de les faire étudier le texte des auteurs. A ce sujet il se livre à l'examen de tous les grammairiens grecs, depuis Moschopulos jusqu'aux plus récents; il signale leur mérite, et indique le moyen de profiter de leurs livres; c'est à Clénard qu'il accorde la préférence.

Cette année Henri Estienne prit la résolution de rendre à son imprimerie de Genève toute son importance; mais quoiqu'il en eût été félicité par ses amis, quelque temps après il abandonnait Genève.

1588. Il publia une édition d'*Homère*, 2 vol. in-16, grec et latin, dont il revit la traduction. A une nouvelle édition d'*Horace*, in-8°, il ajouta des notes marginales et quatre dissertations nouvelles. Pour sa seconde édition de *Thucydide* in-fol., il retoucha la traduction latine et l'enrichit de notes et d'une dissertation sur les scolies.

1589. Henri Estienne donna un *Nouveau Testament* in-fol., en grec, avec deux traductions et les concordances ; — la seconde partie des *Schediasmata*, dont la première avait paru en 1578 : c'était le résultat des lectures qu'il faisait des auteurs anciens, et il consignait dans ces mélanges les corrections qu'il proposait pour l'amélioration des textes. — Il publia d'après un manuscrit rapporté d'Italie par Matthieu Budé, fils de Guillaume Budé, la première édition de la Géographie de *Dicéarque*, et l'accompagna d'une traduction latine et de nombreuses observations. Ce qui retarda l'apparition de cet ouvrage, c'est qu'il espérait pouvoir y joindre le *Périple de Scylax*, qu'on lui avait fait espérer. On trouve à la suite un dialogue où, sous les noms de Philostephanus et Coronellus, Henri Estienne traite des mœurs des Grecs, et particulièrement de celle des Athéniens.

1590. Henri Estienne fit paraître son ouvrage, très-hardi et très-curieux, intitulé : *Principum Musa monitrix*, ou le Conseiller des Princes ; il le fit imprimer à Bâle, où il resta une partie de cette année. Ce poëme, qui n'a jamais été réimprimé, est, ainsi que plusieurs écrits du même auteur, d'une très-grande rareté.

A la suite d'une préface qu'Henri Estienne résume par ces trois vers, adressés aux souverains :

Nolite facere quod libet, nisi licet :
Neque facitote quod licet, nisi decet,
Sic gerere sese principes, Deo libet !

vient un prologue en vers français, qu'il composa et présenta au roi de France Henri III; il est intitulé : *L'ennemi mortel des Calomniateurs*.

Puisse de Chiverny le grand entendement
Trouver à ce vieil mal un nouveau règlement :
Et si le rude chant de ma muse petite
D'un prince tant disert l'aureille ne mérite,
Fais qu'un Ronsard, si bien virgilianisant,
Un Desportes, si bien ovidianisant,
Soient par lui commandés de cet œuvre entreprendre.

. . . .
Si le mien n'est monté à la perfection,
Imparfaite pourtant n'est mon affection ;
Encor est-ce beaucoup en cas de grand ouvrage,
Quand faible est le pouvoir, estre fort de courage.

(1) *Essai sur la vie d'Estienne*, par M. L. Feugère, p. CXLIII, *Fr. et Joh. Hottomannorum Epistolæ*, lettre 147.

Il ne croit donc pas pouvoir donner une meilleure preuve de son affection à la France et de son dévouement au roi que de solliciter de lui contre les calomniateurs, *cette grande bête de cour*, comme l'appelle le chancelier L'Hospital (1),

Un redoutable édict qui combatte à outrance
Cette peste, infectant ce beau séjour de France :
Cette peste, j'entends, que calomnie on dict,
Que chasser on ne peut sans un royal edict.

Ce recueil est composé de plusieurs pièces, ou plutôt de plusieurs ouvrages en vers et en prose, ayant tous un but politique. C'est le résumé des pensées que méditait Henri Estienne dans ses longs voyages à cheval et aussi le résultat de sa longue expérience des livres, des hommes, de la cour, et des grands événements dont il avait été témoin.

Dans ce poëme du *Conseiller des Princes*, qui n'a pas moins de 5,500 vers ïambiques, divisés en quarante chants ou chapitres, il expose les maximes qui doivent présider à la vie publique et privée du souverain et le guider dans les diverses circonstances ; quels doivent être ses ministres et ses amis. Les exemples sont tirés de l'antiquité et des temps modernes ; les anecdotes, les faits historiques y abondent, et les vers ont une énergique brièveté, afin qu'ils se gravent mieux dans la mémoire des princes. Il s'élève contre la vénalité des charges, et désire que les rois soient gardés par des troupes nationales, et non par des étrangers. Il s'indigne contre les crimes de Borgia et contre les maximes et les principes introduits en France par Machiavel, qui, dit-il, est à la fois l'honneur et le déshonneur de Florence. Il fait des vœux pour que Henri IV, qui venait de succéder à Henri III, fournisse une longue carrière, et il termine ce poëme, publié en 1590, par ces vers prophétiques :

A te absit, absit, absit....
Monachatem ut ensem sicut ille, sentias.

Fin du chant 39.

Dans le *Dialogue entre Philocelte et Coronelli* (c'est sous ce dernier nom que Henri Estienne se désigne dans plusieurs de ses écrits), il raconte à Philocelte les malheurs de la France, la Saint-Barthélemy, l'assassinat de Henri III et même la tentative d'assassinat sur la reine d'Angleterre par Parry. Sa haine contre la Ligue et les moines et contre l'ultramontanisme le rend peu favorable à Marie Stuart. Le cadre qu'il a adopté lui permet des digressions, et parmi elles il s'en trouve plusieurs qui le concernent.

Rex et Tyrannus. Dans ce petit poëme, en vers ïambiques, Henri Estienne établit la différence entre un *tyran* et un *roi*, et s'indigne de nouveau contre Machiavel et ses détestables doctrines, dont il est la victime, puisqu'elles ont causé son

exil de la France, toujours si chère à son cœur.

...... Gallia, o tu nunc mea
Esses beata, pestis hæc si non tuæ
Menti ingruisset ! Tu beata nunc fores,
Ego ex beatis forsitan tecum forem !

Il finit ce poëme par ce distique, où il adresse encore au roi ce précepte :

Timere temet disce plus quam cæteros ;
Deum timere temet ipso disce plus.

Vient ensuite un petit poëme en vers hexamètres, *De Principatu bene instituendo et administrando*, qui est une sorte de résumé de ce qui précède.

Cavete vobis, principes, est un autre petit poëme, de soixante-trois distiques, indiquant aux souverains les périls qui les menacent ; chaque distique est terminé par ce terrible avertissement, qui résonne comme un glas funèbre sur la mort de Henri III et de Henri IV : CAVETE VOBIS, PRINCIPES.

Dans un écrit latin intitulé : *Libellus, in gratiam principum scriptus, de Aristotelicæ Ethices differentia ab historia et poetica*, il traite de la différence dans la manière de voir des philosophes, des poëtes, et des historiens sur ce qu'on est convenu de désigner sous le nom de vertu.

1591. Après une nouvelle édition de *Varron* et des *Lettres de Pline*, il donna la première édition de deux écrits de *Justin martyr*, in-4°, avec une traduction latine et des notes.

1592. Cette année l'imprimerie de Henri Estienne reprend de l'activité. Il donne une nouvelle et belle édition in-fol. d'*Hérodote*, dont il épure considérablement le texte grec et la traduction latine.

Dans la nouvelle édition d'*Appien*, revue par lui et enrichie de parties inédites qu'il avait découvertes, il rappelle que si le public possède cet auteur, il en est redevable à son père, qui en a donné la première édition, achevée par son oncle Charles Estienne. « Si, ajoute-t-il, nous portons plus haut nos regards, c'est François Ier qu'on doit bénir comme une Providence, lui qui affectionnait les lettres et les savants par-dessus tout, et particulièrement mon père (ce dont il donna une preuve évidente peu de jours avant de mourir). Dès que mon père, ajoute-t-il, réclamait son aide pour ses grandes publications typographiques, il l'obtenait aussitôt de ce généreux bienfaiteur des lettres et des savants (μεγαλόδωρος), surtout quand il s'agissait d'acquérir des manuscrits ou de graver ces types dont la beauté faisait celle des livres imprimés. Loin d'attendre la demande, il devançait et surpassait les vœux. »

Ce retour vers des temps plus heureux de sa jeunesse semble une plainte échappée aux tristes préoccupations de sa vieillesse.

Dion Cassius, revu également par lui, est suivi de l'*Abrégé de Xiphilin*. Dans la préface il s'exprime ainsi relativement à Xylander, qui fut souvent son zélé collaborateur. « Quoique Guillaume Xylander, par un sentiment de rivalité, m'ait attaqué avec passion, je ne prétends

(1) Dans le discours en vers, *De sacra Francisci II, Galliarum regis, Initiatione*. L'Hospital s'élève avec autant d'énergie qu'Henri Estienne contre la calomnie, qu'il appelle *tetrum et exitiale monstrum*, et remercie Charles de Lorraine de l'avoir sauvé deux fois *a rabidi ferali dente leonis*.

« le frustrer en rien de l'honneur qu'il mérite, « d'autant que peu de temps avant sa mort il « m'avait dans ses lettres témoigné son repen- « tir. »

1593. Une édition in-fol. d'*Isocrate*, grec et latin, édition contenant sept dissertations d'Henri Estienne, est dédiée par lui à Marc Fugger, parent d'*Hulric*, son premier protecteur, et dans la préface il rappelle les services dont il est redevable à leur famille.

1594. Avant d'achever sa carrière, Henri Estienne acquitta encore une dette filiale en publiant en grec et en latin *Les Concordances du Nouveau Testament* in-fol., travail que la mort avait empêché son père de terminer, mais qu'il avait préparé, et annoncé dans la préface de ses *Concordantiæ Bibliorum majores*, publiées par lui en 1555. Henri Estienne, à l'exemple de son père, prie les imprimeurs, ses confrères, de le laisser jouir quelque temps de ce labeur avant de s'en emparer. Ce n'est point, dit-il, de la part des imprimeurs lettrés qu'il redoute un mauvais procédé, mais de la part de ceux qui font le métier de pirates.

Il publia cette année une nouvelle édition de *Diogène Laerce*, qu'il accompagna de ses notes.

Le 5 septembre 1594, Henri Estienne présenta au congrès de Ratisbonne, à l'empereur Rodolphe II et aux Ordres réunis du Saint Empire, deux requêtes qu'il avait fait imprimer à Francfort, chez Wechel : dans l'une il répondait à l'écrit d'Hubert Folietus sur les causes de la puissance de l'Empire Othoman, dans l'autre il exhortait les chrétiens à s'armer contre les Turcs et à les expulser de l'Europe.

Au sujet des *Prémices ou 1er Livre des Proverbes épigrammatisés*, ouvrage devenu d'une excessive rareté, et publié sans date et sans nom de lieu, il dit dans la préface :

« Ce qui m'occasionna de composer ces épi- « grammes fut que le roi Henri III, lisant quel- « ques proverbes en mon Livre de la *Précel-* « *lence du Langage françois* (lequel je lui « avois dédié, l'ayant composé par son com- « mandement), me dict qu'il doubtoit touchant « deux s'ils estoient anciens. Cela donna entrée « à un discours assez long touchant nos pro- « verbes. Mais quelques jours après je gagnai « ma cause à pur et à plein, lui ayant monstré « les deux proverbes dont il doubtoit dans un « vieil livre escript à la main...... Je me décidai « donc à escrire un livre à ce subject; mais « comme PROMETTRE ET TENIR SONT DEUX, le re- « tard apporté m'a permis de l'enrichir de ce « que j'ai apprins plus tard par la lecture des Ro- « mans, que je disois audict roi nous estre comme « des rabbins (interprètes) pour la cognoissance « de plusieurs choses qui appartiennent à nostre « langue et mesmement des Proverbes ; sur quoy « il me souvient que, pour exemple, celui-ci, « VUIDES CHAMBRES FONT LES DAMES FOLLES, ne « peut estre mieux entendu que par la lecture

« d'un passage de Perceforest, qui est, selon mon « opinion , le plus digne d'estre lu entre tous. »

Henri Estienne dédia ce recueil de Proverbes mis par lui en vers français à M. Bucker, secrétaire d'État de la ville de Berne. « Le présent, « lui dit-il, est bien petit sans doute, mais CHA- « CUN DONNE CE QU'IL PEUT. » Et à cette occasion il parle d'un présent considérable qu'il reçut inopinément de Breslau, d'héritiers à lui inconnus et auxquels son nom devait l'être également, mais qui, sachant que Thomas Rediger, riche seigneur hongrois. dont ils héritaient, avait coutume de lui envoyer des présents , crurent devoir lui faire don d'un grand vase d'argent *doré partout*, sous le pied duquel était inscrit le nom de ces héritiers. *Je doute*, dit Henri Estienne, *qu'il s'en soit jamais rencontré qui ayent fait ou voulu jamais en faire autant.* Aussi croit-il devoir célébrer cette libéralité, que Valère Maxime, ajoute-t-il, n'eût pas manqué d'accompagner *de quelque belle exclamation*.

Il rappelle aussi la reconnaissance qu'il doit à l'empereur Maximilien. « Lui ayant, dit-il, envoyé mon *Trésor de la Langue Grecque*, il me fit recevoir en deux fois ce que les Latins appellent *honorarium*. Desquelles l'une est nouvelle; car m'ayant envoyé un beau présent, il tint le dict livre environ deux mois auprès de soi, comme il me fut escript par monsieur Crato et par un autre, en faisant ses monstres à tous venants (j'entends entre ceux qui estoient gens de lettres) comme du plus beau présent que oncques eust receu. Ce que considérant , je n'oubliay, quand je le remerciay, au voyage faict environ un an après , de lui dire, entre autres choses, qu'il monstroit approuver et faire valoir ce dicton des Latins, *Honos alit artes ; ce que aussi j'avois touché en une épigramme que je lui avois envoyée auparavant. »

1595 à 1598. Les travaux de l'imprimerie de Henri Estienne se ressentent de son absence prolongée et du fâcheux état de ses affaires, qui rendait son esprit plus irritable. En 1595 il avait publié une sorte de pamphlet intitulé *De J. Lipsii Latinitate palæstra*, où il blâme le style de Juste Lipse (1) et son affectation d'imiter celui de Sénèque et de Tacite. Cet écrit fut attaqué avec raison par Scaliger. Henri Estienne, dans sa haine contre les Turcs , s'était livré à leur sujet à des dissertations qui occupent la majeure partie du livre, ce qui fit dire à Scaliger que le titre de cet ouvrage aurait dû être changé en celui de *de Latinitate Lipsiana adversus Turcas*.

Le dernier ouvrage publié par Henri Estienne est une nouvelle édition du *Nouveau Testament*, in-fol.; le texte grec est accompagné de deux traductions latines, dont l'une est de Théodore de Bèze, et a été revue encore par lui pour cette édition, quoiqu'il fût âgé de quatre-vingts ans.

(1) Juste-Lipse venait d'abjurer le protestantisme et de se faire catholique.

On place aussi vers cette époque un opuscule de Henri Estienne que l'on voit porté depuis longtemps sur des catalogues de vente et sur des catalogues de bibliothèques publiques, mais qu'on n'a pu découvrir ; il est intitulé : *Henrici Stephani Carmen de Senatu Feminarum.* Quelques autres ouvrages, dont il avait commencé l'impression, ne parurent qu'après sa mort ; mais il est certain que plusieurs de ses petits écrits, signalés par lui et par Nicéron comme ayant été publiés, sont maintenant perdus ; d'autres, restés en manuscrits, auront été égarés. Un grand nombre de travaux qu'il avait entrepris restèrent inachevés ; et lorsque après sa mort son gendre Casaubon put pénétrer dans sa bibliothèque, dont l'accès était interdit à tous, il y trouva de nouvelles preuves de l'infatigable activité de son beau-père par la quantité d'œuvres manuscrites qu'il avait laissées : φιλομαθείας καὶ πολυμαθείας, *prope incredibilia monumenta.*

En 1597 Henri Estienne quitta Genève pour la dernière fois, et se rendit à Montpellier, auprès de Casaubon, occupé alors de son édition d'*Athénée*, auteur pour lequel Henri Estienne avait collationné plusieurs manuscrits. En revenant de Montpellier à Paris, il fut atteint, à Lyon, d'une maladie aussi grave que soudaine. Transporté à l'hôtel-Dieu, il y mourut, dans les premiers jours de mars 1598. Son inhumation ne resta point secrète, et causa même une certaine émotion populaire, puisque l'abbé Pernetti, dans ses *Recherches sur la ville de Lyon*, et le Père Colonia, dans son *Histoire littéraire de la ville de Lyon* (t. II, p. 608), disent que ce fut à la suite de l'enterrement de Henri Estienne qu'il fut établi que le convoi funèbre des protestants serait désormais escorté par un détachement du guet, protection nécessaire contre les insultes de la populace.

Il mourut sans avoir fait de dispositions testamentaires, laissant une fortune minime et embarrassée ; mais la vente de ses livres en magasin suffit pour satisfaire à tout, et laissa encore quelques ressources à ses enfants. Paul hérita de l'imprimerie, en payant 800 écus aux autres héritiers. Casaubon, qui avait eu quelquefois à se plaindre du caractère entier et irritable de son beau-frère, et à qui la dot de sa femme était encore due, plein de respect pour les services rendus aux lettres par la famille des Estienne, s'opposa au partage des manuscrits qu'exigeaient les héritiers, et voulut qu'ils fussent tous remis au fils et successeur d'Henri Estienne, à Paul, auquel ils ne furent pas inutiles (1). Mais Casaubon nous apprend qu'ils furent en partie perdus ou détruits (*non*

uno modo). Un manuscrit de Photius et celui de Zonaras ne se retrouvèrent point.

Comme aucun témoignage ne peut inspirer plus de confiance que celui de Casaubon, à la fois juge suprême en fait d'érudition, témoin véridique et religieux, et gendre de Henri Estienne, je crois devoir reproduire ce que, dans l'intérieur de sa conscience et sous l'inspiration du moment, il a consigné pour lui et pour sa famille dans ses Éphémérides, lorsqu'il apprit la mort de son beau-père (1).

13 mars 1598. Je venais d'entrer dans ma bibliothèque à l'heure ordinaire, mon âme était triste ; ma prière faite, je me mettais au travail quand on vint m'apprendre la mort de mon très-cher et très-illustre beau-père, Henri Estienne. C'est à Lyon qu'il est mort, loin de chez lui, et comme en exil, lui qui possédait une belle maison à Genève ; loin de son épouse, si respectable, loin de ses enfants, dont quatre encore lui restaient. Malheur ! malheur d'autant plus grand que nulle nécessité ne l'obligeait à quitter ses foyers. Faibles humains que nous sommes ! quand je pense, ô mon Estienne, ô mon cher Estienne, aux vicissitudes que tu as éprouvées : toi qui d'un commun accord pouvais occuper le premier rang parmi les hommes d'élite, tes égaux (Théodore de Bèze, Calvin et les autres chefs protestants), tu as préféré t'en éloigner plutôt que de rester avec eux le soutien de notre Église ; toi à qui ton père avait laissé une grande fortune, et qui as préféré la dépense à l'épargne ; toi qui par un don de la Providence n'a-

---

(1) « Ego, veneratione domus Stephanicæ motus, renitentibus omni ope atque opera cohæredibus, effeci ut omnes manu exaratos codices Paulus Stephanus præciperet. Gaudebam in ea domo, quæ literis aliquando tantum profuisset, remanere instrumenta bene merendi de iis qui publicam reipublicæ litterariæ utilitatem procurarent. » (Epist. 194.)

(1) Ce recueil, où se reflète la belle âme de Casaubon, a été imprimé pour la première fois à Oxford, en 1850, 2 fort vol. in-8°.

« Cum de more in museum me recepissem, et mœsto animo, nescio quare, essem ; ecce, postquam γονυπετήσας ad studia me adrinxi, nuntius affertur mihi de obitu charissimi capitis, et quondam clarissimi, Henrici Stephani. Lugduni obiit ὁ μαχαρίτης, procul domo, tanquam aliquis ἀνέστιος, qui domum Genevæ amplam habebat ; procul ab uxore, qui uxorem matronam castissimam habebat ; procul a liberis, qui habebat quatuor adhuc superstites. Dolendum ; dolendum ac quidem impensius, quod nulla necessaria de caussa ὁ μαχαρίτης domo aberat. Homunculi quid sumus ! cum cogito, mi Stephane, mi Stephane, ἐξ οἵων εἰς οἷα. Tu qui poteras inter ordinis tui homines primas sine controversia tenere, maluisti dejici quam stare ; tu qui opes a patre tibi relictas amplissimas habuisti, maluisti istas amittere quam servare ; tu qui a divino Numine excitatus fueras, ut literas, præsertim Græcas, unus omnium optime intelligeres, ut ornares, maluisti alia curare quam τὴν σπάρταν κοσμεῖν. Non hoc tuo, mi Stephane, sed humani ingenii vitio, factum. Paucis enim datum est sua bona bene nosse, et iis probe uti. Quamquam tu quidem, vir magne, optime usus es juvenis, deque literis ita es meritus, ut pauci tecum jure componi possint, vix quisquam anteponi. Magnum sane, vir magne, in utramque partem exemplum te præbuisti. Atque utinam faxit Deus, ut virtutes tuas, vigilantiam, et indefessum illud studium ego et mei imitemur. Nævi si qui fuerint, ut quod abesse domo semper quam adesse malueris, iis ne maculari nos sinamus. Supplex etiam te veneror, Deus æterne, ut liberos superstites et familiam totam Stephanicam cura tua digneris, et in pietate florere omnibusque virtutibus velis. Uxorem præsertim tibi meam, o Deus, commendo ; quæ nunc morbo languens, si patris de obitu resciverit, quos edet ejulatus, quas lamentationes ! Solare tu igitur illam, Pater misericordiarum, qui solus potes, et nos conspirare ambos in amore cultuque tui semper fac cum charissimis quos dedisti liberis. Amen. *Éphémérides de Casaubon* Oxford, 1850, 2 gros vol. in 8°, p. 67-69.

vais point de rivaux dans les lettres anciennes, surtout les lettres grecques, que ton destin était d'illustrer, et qui as préféré *aller chercher bien loin ce que tu avais sous la main* (1)! Mais, mon cher Estienne, ce n'est point ta faute, c'est celle de l'esprit humain. Il est aussi rare d'apprécier les biens que l'on possède que d'en bien user. Tant que tu as été jeune, les services que tu as rendus aux lettres sont tels que bien peu pourraient t'égaler, et presque aucun te surpasser. Les nombreuses preuves que tu en as données en grec et en latin prouvent que tu es véritablement un grand homme. Fasse le ciel que moi et les miens nous imitions tes vertus, ta vigilance et ton zèle infatigable. Si l'on a eu quelques torts à te reprocher, comme de t'être trop souvent absenté de ta maison, que le ciel aussi nous en préserve. Je t'en supplie, grand Dieu, daigne venir en aide aux enfants et à toute la famille des Estienne, qu'elle croisse en vertus et en piété! Je recommande surtout à tes bontés mon épouse, qui maintenant est malade et dont je vais entendre les cris et les sanglots quand elle apprendra la mort de son père. Console-la, Père des miséricordes, et fais-nous tous deux persévérer à jamais dans ton amour et dans ton culte, avec les chers enfants que tu nous as donnés! Amen (2).

Le mérite de Henri Estienne a été signalé par les savants les plus distingués, même ses contemporains : on en peut voir la longue liste dans Maittaire; parmi eux on doit remarquer Joseph Scaliger (Lettre 46 à Casaubon), qui, malgré ses fréquentes querelles littéraires avec Henri Estienne, n'en resta pas moins son ami, et Huet, qui déclare que dans ses traductions latines Henri Estienne a rendu le sens avec autant de clarté que d'élégance.

M. A.-A. Renouard, dans son enthousiasme pour les illustres imprimeurs de Venise, avait dit, dans sa première édition de ses *Annales des Alde*, qu'à tous égards *Alde Manuce occupe et occupera longtemps, et sans aucune exception, le premier rang parmi les imprimeurs anciens et modernes.*

Tout en rendant justice au mérite des Alde, mon père, après avoir comparé quelques-unes de leurs éditions avec celles de Robert et de Henri Estienne, et en tenant compte des difficultés qu'Alde avait dû rencontrer dans le vaste champ qu'il a défriché le premier avec tant de zèle, s'exprime ainsi : « Je ne veux être injuste ni ingrat envers Alde. Non : Alde Manuce mérite de la république des lettres une reconnaissance éternelle, pour avoir publié avec une grande activité et une bonne exécution, quant à la typographie, un grand nombre d'auteurs classiques, dans un temps où l'on n'imprimait guère que des ouvrages de disputes théologiques; et ce choix, qui fait honneur à son goût, prouve sa passion pour les belles-lettres : mais je dirai avec la même franchise que ce fameux

imprimeur, qui fait honneur à l'Italie, ne mérite pas la place à laquelle une admiration indiscrète veut l'élever.

« J'ai cherché, ajoute mon père, quelle était l'excuse qu'on pourrait alléguer en faveur d'Alde au sujet de la correction, souvent très-négligée, du texte des livres qu'il a imprimés; et c'est lui-même qui la donne en disant qu'il était tellement occupé, qu'il trouvait à peine le temps de lire une fois, légèrement et à la course, les épreuves des éditions qu'il publiait (1). »

Les éditions des Étienne sont toutes remarquables par leur correction; et les travaux littéraires qui leur sont personnels sont bien plus considérables que ceux des Alde.

« Quelle place, dit encore mon père, sera réservée dans le monde savant à Robert Estienne, qui a publié aussi des livres grecs inédits; qui en latin, en grec, en hébreu, langue qu'il savait parfaitement, a imprimé des éditions aussi belles qu'elles sont correctes; qui de plus a fait son Trésor de la Langue Latine? Quelle place surtout sera donnée à son illustre fils Henri Estienne, qui indépendamment de ses correctes et nombreuses éditions de tous les bons auteurs, éditions publiées quelquefois avec une rapidité qui prouve que la langue grecque lui était aussi familière que la langue française, a fait encore sur ces auteurs des travaux particuliers, auxquels les savants rendent perpétuellement hommage, à Henri Estienne, qui a montré qu'il était un littérateur plein de goût lorsqu'il a donné en vers latins la seule bonne traduction peut-être qu'on connaisse d'Anacréon ; qui, sachant toutes les langues et traduisant avec autant de facilité les poëtes latins en vers grecs que les poëtes grecs en vers latins, écrivait bien en français dans un temps où ce mérite était rare; qui de plus avait laissé deux volumes manuscrits in-fol. pleins d'une si vaste érudition, qu'elle étonna son gendre lui-même, le docte Casaubon; à Henri Estienne l'auteur du Trésor de la Langue Grecque, ouvrage imprimé par lui et à ses frais; ouvrage immense, dans lequel les lexicographes de tous les pays ont puisé et puiseront sans cesse, et qui, de l'aveu du docteur Coray, serait encore à faire s'il n'avait pas été exécuté par Henri Estienne? Pour élever ce monument, qui honore son pays, il a sacrifié une fortune considérable, héritage paternel et fruit de ses veilles laborieuses et de son économie. Ah ! si Henri Estienne, errant sur la fin de sa vie et septuagénaire, persécuté pour quelques railleries contre des moines superstitieux ou quelques invectives que lui arracha l'indignation du meurtre infâme de son roi, qu'il aimait, ayant vu ses manuscrits, ses livres détruits avec sa maison dans un tremblement de terre, succombant à la peine et aux soins de toutes sortes,

---

(1) Maluisti alia curare quam τὴν σπάρταν κοσμεῖν.

(2) L'année suivante à pareille date il se rappelle dans ses Éphémérides la mémoire de son cher Estienne (*charissimi capitis*).

(1) « Vix credas quam sim occupatus. Non habeo certe tempus, non modo corrigendis, ut cuperem, diligentius qui excusi emittuntur libris cura nostra, *sed ne perlegendis quidem cursim.* »

mais n'oubliant jamais sa patrie, qu'il dut croire reconnaissante de ses utiles travaux, est allé mourir, dans un état voisin de l'indigence, au fond d'un hôpital, du moins ne lui envions pas la gloire d'être le premier imprimeur de tous les pays et de tous âges ; et que tout typographe, s'il a un noble sentiment de son art, se prosterne avec respect devant sa tombe.

> Manibus date lilia plenis ;
> Purpureos spargam flores ; non, Gallia, tanto
> Rursum te poteris jactare typographo, et ultra
> Sit sperare nefas ! »

Henri Estienne ne pouvait être mieux apprécié que par mon père, à la fois érudit, poëte, typographe consommé dans toutes les parties d'un art que lui avaient transmis ses aïeux, et qui, comme Henri Estienne, fut le plus dévoué des fils et le meilleur des pères.

A. F.-D.

ESTIENNE (*Paul*), imprimeur français, né à Genève, en janvier 1566, mort vers 1627. Élevé avec une tendre affection par un père qui reportait sur ce seul fils toutes ses espérances, le jeune Paul se fortifia dans ses études par des voyages qui le mirent en rapport, dans tous les pays, avec les doctes amis de son père. Il s'arrêta quelque temps à Leyde pour y étudier sous les auspices de Juste Lipse. Une lettre de ce célèbre critique (juillet 1587) fait son éloge ; et dans l'expression dont il se sert, *mitis adolescens*, on voit que la douceur était une des principales qualités de Paul, qui s'était aussi arrêté à Lyon chez Jean de Tournes, imprimeur renommé, et en 1595 à Heidelberg, chez le savant imprimeur Jérôme Commelin. Il avait passé l'année précédente en Angleterre.

Son goût pour la poésie latine fut encouragé par Henri Estienne, dont le souvenir l'inspira heureusement dans la touchante pièce de vers qu'il composa sur sa mort et pour honorer sa mémoire.

Mis en possession des manuscrits de son père et de son établissement par la ferme volonté de son oncle Casaubon, Paul continua les impressions que la mort de Henri Estienne laissait inachevées, et dès 1599 il commença une série de publications importantes, auxquelles il donna des soins tout particuliers. La plus remarquable est l'*Euripide* avec la traduction de Canterus, revue par Émile Portus et accompagnée de scolies, d'un index, etc., 2 vol. in-4°, 1602. Parmi ses autres éditions d'auteurs grecs et latins, on en compte quatre de *Pindare* et trois des *Lettres de Pline*. Malheureusement, soit par une économie exigée peut-être par sa fortune, soit à cause de la mauvaise fabrication du papier suisse, le temps a fait perdre à ses livres une grande partie de leur valeur. Son imprimerie, après six ans d'exercice, venait de faire paraître *Isocrate*, *Aristide*, 3 vol. in-8°, *Homère*, *Pline*, le *Nouveau Testament*, quand tout à coup ses travaux s'arrêtent complétement (1605 1611).

Compromis dans la conspiration dite *de l'escalade*, tentée en faveur du duc de Savoie, et dont le chef, Blondel, syndic de Genève, fut condamné à mort, Paul Estienne, d'abord mis en prison, fut ensuite proscrit, et pendant quinze ans ne put rentrer à Genève. Il paraît même, par la lettre qu'il adressa au conseil le 29 janvier 1608, que ses biens furent vendus. On conserve aux archives de Genève plusieurs lettres où il expose que le fâcheux état de sa fortune ne lui permet pas même d'envoyer ses enfants à l'école de Genève, et il rend responsables du sort de l'âme de ces enfants ceux qui le contraignent de les faire rentrer en France pour y faire abjuration. En effet, son fils aîné, Antoine, envoyé à Paris, revint à la foi catholique. Ses prières et ses sollicitations auprès de la seigneurie de Genève pour obtenir un sauf-conduit qui lui permit de régler quelques affaires urgentes, et de ne pas compromettre davantage les intérêts de ses créanciers, n'eurent aucun résultat.

Enfin, en 1619, par l'intervention du gouvernement français, un sauf-conduit fut promis à Paul pour qu'il pût traiter de la remise des matrices de Garamond, et c'est à la fin de février 1620 que, sur sa requête, la seigneurie le lui accorda ; les matrices lui furent remises, après toutefois qu'on s'en fût servi pour exécuter deux fontes.

Huit ouvrages parurent à Genève avec l'indication de l'*Oliva Stephani*, de 1611 à 1628 ; le dernier est une réimpression, format in-16, du *Pindare* grec et latin donné par Henri.

En 1627, Paul vendit sa typographie et probablement sa librairie aux frères Chouet. On croit qu'il passa à Paris la plus grande partie du temps de son exil et qu'il y revint après la vente de son établissement. On lit dans les Éphémérides de Casaubon, à la date du 3 décembre 1607 : « Aujourd'hui j'ai été detourné de mes études par Paul Estienne. Fasse le ciel que je n'aie pas à me repentir de mon bon vouloir à son égard. Dans sa détresse, je lui ai donné ce dont je pouvais disposer en argent comptant, et je l'ai cautionné pour deux cents écus d'or. Plaise à Dieu que ce gage sur la maison des Estienne ne soit pas perdu, et que ni moi ni les miens n'ayons à nous repentir de cette condescendance. »

La même année, au 19 janvier, dans une autre note, le noble et généreux Casaubon s'exprime ainsi. « Que Dieu vienne en aide à « mon beau-frère Paul Estienne, qui retourne « en Dauphiné ; sa sœur (Denyse) est partie « pour notre petite campagne. C'est pour les au- « tres que je vis, et non pour moi. Tel est mon « sort. »

On ignore complétement l'époque de la mort de Paul Estienne. Quoique la carrière où il était entré d'une manière si brillante lui ait été si tôt fermée, il mérite qu'on rappelle l'expression dont il s'est servi dans l'une de ses suppliques en vers latins qu'il adressait à l'inflexible seigneurie de Genève :

> ..... Clarorum haud unquam indignus avorum.

A. F.-D.

ESTIENNE (*Antoine*), fils du précédent, imprimeur français, né à Genève, en 1592, mort à Paris, à l'hôtel-Dieu, en 1674. Après avoir fait ses études à Lyon, il se rendit à Paris, et fit son abjuration entre les mains du cardinal Du Perron. Ayant obtenu des lettres de naturalisation, il fut nommé huissier de l'assemblée du clergé, avec une pension de cinq cents livres.

Il fut reçu imprimeur en 1618, et ses premières éditions datent de 1613. Dès l'année 1615, il prit le titre d'imprimeur du roi, attaché à la branche des Estienne restée catholique. Lorsque les matrices grecques rachetées à Genève furent rapportées à Paris, c'est à Antoine Estienne qu'on en confia la garde, et il la conserva jusqu'à sa mort (1); elles furent alors déposées à l'Imprimerie royale. On voit le nom d'Antoine figurer sur la grande et magnifique publication des *Œuvres complètes de saint Jérôme* publiée par Fronton du Duc ; les deux premiers volumes avaient été imprimés en 1609, par Claude Morel. Pendant plus de cinquante ans il exerça sa profession d'une manière digne de ses ancêtres ; en 1617 il imprima le premier livre des *Commentaires* de Casaubon, son oncle, *sur Polybe*, et c'est pour la Société des éditions grecques, dont il faisait partie, qu'il imprima la belle édition grecque-latine d'*Aristote*, en 2 volumes in-fol., Paris, 1629. On croit que l'édition d'*Aristote* de 1619 et celle de 1639, publiées par la même Société, ont été aussi imprimées par lui, du moins en partie. Sa belle édition de *Plutarque*, qu'il dédia au roi Louis XIII, parut en 1624. La dédicace à Mathieu Molé, qui se trouve en tête de la *Bible des Septante* grecque et latine donnée par Morin, 3 vol. in-fol., 1628, est signée par les libraires *Michel Buon, Sébastien Chapelet*, Antoine Estienne et *Claude Sonnius* associés pour ces grandes publications. Cette édition est parfaitement imprimée par Antoine Estienne, avec les caractères grecs de Garamond (2).

En 1661 il publia un très-grand ouvrage, qu'il dédia à la reine mère, qui lui en avait concédé le privilége. Il forme deux gros volumes in-fol., et est intitulé : *Nouveau Théâtre du Monde, contenant les États, royaumes et principautés représentez par l'ordre et véritable description des pays, mœurs des peuples, forces,* richesses, gouvernements, religions : *illustré de l'institution de toutes les religions et l'origine de tous les ordres militaires et de chevalerie (par Davity), avec un nouveau supplément, contenant l'état présent de la France depuis la régence de la très-auguste Anne d'Autriche.* Comme le travail de Davity, qui servit de base à ce grand ouvrage, ne forme qu'un volume in-4°, on croit que la coopération d'Antoine Estienne contribua beaucoup à son accroissement.

Nommé adjoint de la communauté des imprimeurs en 1626, Antoine en fut le syndic en 1649. Mais cet honneur pas plus que son titre de premier imprimeur du roi ne put le préserver des malheurs et périls attachés à sa profession, et particulièrement à la famille des Estienne, dont Antoine doit être regardé comme le dernier représentant.

En 1664 Antoine dut cesser d'imprimer. Son fils Henri, nommé imprimeur-libraire à Paris en 1646, et qui, du consentement de la chambre des imprimeurs, avait obtenu la survivance de son père dans la charge d'imprimeur du roi (1), lui était venu en aide dans ses embarras commerciaux ; mais il était mort en 1661. Privé de cet appui, Antoine, devenu infirme, puis aveugle, trouva enfin, à l'âge de quatre-vingt-deux ans, après plusieurs années de misère, un refuge à l'hôtel-Dieu de Paris, et il y mourut.

Son frère Joseph, nommé imprimeur du roi à La Rochelle, y est mort de la peste, la même année, au mois d'octobre. A. F.-D.

ESTIENNE (*Robert II*), né à Paris, en 1530, mort à Genève, en 1570. Il était le second des neuf enfants de Robert Ier. Quand son père lui fit quitter secrètement Paris et l'envoya à Genève, il était fort jeune ; mais comme il persévéra dans la foi catholique, il revint bientôt à Paris, et rentra en possession des biens paternels. Il continua ses études et son apprentissage chez son oncle Charles, qui avait été nommé imprimeur du roi, après le départ de son frère. Ainsi que ses frères, il avait reçu une éducation solide, comme on le voit par le testament de son père, qui « espère estre aydé de « tous les enfants qu'il a plu à Dieu de lui « donner, lesquelz à ceste fin il a fait estu- « dier ès langues latine, grecque et hébraïque, « et après, luy-mesme les a instruicts en son « dict art de vacation d'imprimerie ».

Le jeune Robert rétablit à Paris en 1566 l'imprimerie paternelle, quelque temps abandonnée. La mère de Henri IV, Jeanne d'Albret, qui portait à l'imprimerie des Estienne autant d'intérêt

---

(1) Je tiens ce renseignement de M. Aug. Bernard, auteur consciencieux de recherches précieuses sur les *Origines de l'Imprimerie*, 2 vol. in-8°, Paris 1854, et qui s'occupe d'un travail particulier sur les types royaux de Garamond.

(2) Deux cents ans se sont écoulés avant qu'une nouvelle édition de la Bible des Septante (grecque et latine) ait été réimprimée en France. C'est seulement en 1829 que nous en avons donné une nouvelle édition, en 2 vol. grand in-8°. Elle fait partie de la *Bibliothèque des Auteurs grecs*.

(1) C'est à cet Henri que fut concédé, en 1651, le privilége pour l'impression des *Essais* de Montaigne, *comme continuateur des belles impressions de Robert, de Charles et de Henri, ses ancêtres.* Il en donna deux éditions portant *l'olivier* des Estienne ; l'une en 1652, l'autre en 1657. Dans la préface il dit « avoir purgé son édition d'une infinité de fautes qui déshonoraient les éditions précédentes, et avoir ajouté la traduction française des passages grecs, latins, italiens ».

qu'en avait témoigné la sœur de François Ier, Marguerite, reine de Navarre, lorsqu'elle venait visiter celle du père de Robert, voulut en quelque sorte inaugurer la reconstitution de l'établissement paternel, et le 12 mai de cette année (1), après l'avoir visité, elle y écrivit ce quatrain :

Art singulier, d'ici aux derniers temps
Représentez aux enfants de ma race
Que j'ai suivi des craignants-Dieu la trace,
Afin qu'ils soient les mêmes pas suivants.

auquel Robert Estienne répondit par le sonnet suivant :

AU NOM DE L'IMPRIMERIE.

Princesse que le ciel de grâces favorise,
A qui les craignants-Dieu souhaitent tout bonheur.
A qui les grands esprits ont donné tout honneur,
Pour avoir doctement la science conquise :
. . . .
Le ciel, les craignants-Dieu et les hommes savants
Me feront raconter aux peuples survivants
Vos grâces, votre cœur, et louange notoire.

Et puisque vos vertus ne peuvent prendre fin,
Par vous je demeurray vivante, à cette fin
Qu'aux peuples à venir j'en porte la mémoire.

Les ouvrages qui sortirent de l'imprimerie de Robert II sont peu nombreux ; mais leur exécution soignée prouve qu'il avait conservé les traditions de sa famille. Le papier est de meilleure qualité que celui de la Suisse, dont son frère Henri était obligé de faire usage pour la plupart de ses éditions. Après le désastre éprouvé par son oncle Charles, Robert fut nommé imprimeur du roi. On lit sur quelques-unes de ses publications, entre autres sur les deux éditions in-8° et in-16 (1566) des *Psaumes* de David, cette indication : *Apud Henricum Stephanum et ejus fratrem Robertum Stephanum, typographum regium, ex privilegio Regis* (2).

Quoique fort instruit et en rapport continuel avec des savants distingués, Robert n'écrivit que quelques pièces de vers ; une, entre autres, sur la mort de Ronsard forme vingt sixains, qui, par leur harmonie et même par les idées, se font remarquer parmi le grand nombre de poésies que fit naître le trépas de l'Homère français : c'est le nom que Robert Estienne lui donne, et c'est ainsi qu'il fait parler Apollon :

Quand Homère mourut, j'avois tant d'espérance
De le voir par Ronsard un jour renaistre en France,
Que ceste seule attente appaisa mes regrets :
Maintenant de moitié ma tristesse s'augmente.
Car l'Homère françois, dont la mort je lamente,
Fait encore une fois mourir celui des Grecs.
. . . .
Mais ce n'est point Ronsard, ce corps mort que la terre
En son giron avare estroitement enserre :
Ronsard ! c'est ce grand nom par la terre espandu ;
Et la posterité lisant sa poesie
Viendra, d'estonnement et de regret saisie,
Le tombeau de Ronsard par grand miracle voir.
. . . .
Et ceux qui de Ronsard auront la tombe veue,
D'une delphique ardeur sentant leur âme esmeue,
Se verront sur-le champ poëtes devenir.

(1) Voy. Le Laboureur, addition aux *Mémoires de Castelnau*, tome I, p. 901.

(2) Le privilège ne se trouve ni à l'une ni à l'autre édition, et il est probable que toutes deux ont été imprimées à Genève.

A la suite de cette pièce est un huitain ingénieux de Robert Estienne sur le même sujet.

Un document irrécusable, découvert dernièrement dans les archives de Genève, et dont M. Gaullieur a bien voulu de nouveau vérifier l'exactitude sur les registres du consistoire de l'Église de Genève, fait mourir *Robert*, frère de *Henri Estienne*, à Genève antérieurement au 2 novembre 1570 (1). On y lit « Henri Estienne, « appelé pour l'inhumanité exercée à l'endroit de « *Robert son frère, naguère décédé*, et n'avoir « point assisté à son enterrement, confesse ne « s'estre trouvé à l'enterrement de son dict frère « parce qu'il estoit lors en volonté d'aller faire « baptiser ses enfants à Virey. Le dict Henri « Estienne, admonesté de la dureté dont il avoit « usé de l'endroit de son frère, quoiqu'il ait sceu « dire, a esté ainsi renvoyé au jugement de « Dieu. » D'autres documents non moins authentiques, que M. Gaullieur me communique à l'instant (28 mai 1856), constatent également la mort de Robert Estienne à Genève et le désaccord qui existait alors entre les deux frères (2). Mais par quel concours de circonstances Robert, resté catholique, avait-il quitté Paris et se trouvait-il à Genève, mal avec son frère et dans le dénuement ? On ne le saurait dire. La fin de Robert, attestée par cet acte, n'a donc pas été moins déplorable que celle de presque tous les autres membres de son illustre famille. Sa veuve, Denyse Barbé, continua quelque temps à imprimer sous le nom de son mari, et, en 1575, elle épousa Mamert Patisson, qui fut nommé imprimeur du roi en 1578. Celui-ci mit sur presque tous ses livres *In Ædibus* ou *Ex Officina* ou *Typographia* Roberti Stephani. A. F.-D.

ESTIENNE (*Robert III*), fils du précédent, né vers 1560, mort en 1630, était trop jeune pour pouvoir succéder immédiatement à son père. C'est donc par suite de quelques arrangements de famille que le nom de l'un et de l'autre se trouve sur un assez grand nombre d'ouvrages. Avant qu'il fût reçu imprimeur, son éducation s'achevait à Chartres, auprès de Philippe Desportes, qui lui inspira le goût de la poésie. Voici comment s'exprime La Croix du Maine en parlant du jeune Robert :

« Il est de fort grande espérance, pour estre si « docte et sçavant ès langues en si bas âge, ce « qui est chose commune à tous ceux de sa « maison, tant ils sont nez aux lettres et dési- « reux d'apprendre de père en fils. Il a composé « plusieurs poëmes en grec, en latin et en fran- « çais, et traduit plusieurs auteurs grecs et latins, « la plupart non publiés ; plusieurs de ses poesies

(1) Le Livre des décès de la paroisse Saint-Hilaire, dont relevait la rue Saint-Jean-de-Beauvais, déposé aux Archives de la ville de Paris, ne remonte pas au delà de 1574 ; M. Gaullieur m'informe, par sa lettre du 12 mars 1856, que, par une singulière fatalité, les registres des décès manquent à Genève pour les six derniers mois de l'année 1570 et les six premiers mois de 1571.

(2) Extrait des *Registres des Particuliers*, année 1570. Genève.

« sont imprimées dans celles de Desportes. »

En 1582 Robert Estienne composa sur la mort de M. Christophe De Thou, premier président, soixante-dix-huit vers français, seize grecs et douze latins.

Ses impressions sont belles, mais n'ont rien de remarquable. Son instruction lui mérita le titre d'interprète du roi ès langues grecque et latine. On cite la devise qu'il fit à la demande du duc de Sully, grand-maître de l'artillerie : *Quo jussa Jovis*, placée au-dessous d'un aigle tenant la foudre dans l'une de ses serres (1).

En 1624 il imprima la traduction française qu'il avait faite des livres I et II de la *Rhétorique* d'Aristote, sous ce titre : *La Rhétorique d'Aristote, traduicte en françois par le sieur Rob. Estienne, interprète du roy ès langues grecque et latine;* Paris, in-8°, de l'imprimerie de *Robert Estienne*, rue Saint-Jean-de-Beauvais.

Cet ouvrage, réimprimé l'année même de la mort de Robert, a été complété par la traduction du IIIe livre, faite par son neveu, fils de Henri III, seigneur des Fossés, trésorier des bâtiments du roi et son interprète ès langues grecque et latine; en voici le titre : *La Rhétorique d'Aristote : les deux premiers livres traduits du grec en françois par le feu sieur Robert Estienne, poëte et interprète du roy ès langues grecque et latine; et le troisième, par Robert Estienne, son nepveu, avocat au Parliamant;* Paris, 1630, de l'imprimerie de Robert Estienne, rue Saint-Jean-de-Beauvais.

Cet avocat au parlement, neveu de Robert, fut quelque temps imprimeur (de 1630 à 1633); mais ses descendants restèrent étrangers à l'imprimerie. Il a composé quelques pièces de vers, entre autres un poëme sur les Larmes de saint Pierre, traduit du Tansillo.   A. F.-D.

ESTIENNE (*François II*), fils de Robert I, né à Paris ; on ignore la date de sa naissance et celle de sa mort. Il reçut, comme ses frères, une éducation distinguée, et quitta Paris avec son père et son frère aîné Henri, qui prit soin d'achever son éducation. On voit par le testament de son père qu'il n'était point majeur lorsque celui-ci, déclarant Henri Estienne son légataire universel, le charge de ne remettre deux mille livres, qu'il lègue à son fils François, que quand celui-ci aura atteint l'âge de vingt-cinq ans, et quand les ministres de Genève se seront assurés qu'il entend persister dans la religion réformée; autrement, ladite somme restera la propriété de Henri. Il veut que François ne se marie que du consentement de son frère aîné, et qu'il suive toujours ses conseils; mais si Henri abandonnait l'imprimerie, ou renonçait à la religion réformée, la volonté du testateur est qu'en ce cas ledit Henri soit déchu de l'imprimerie et de tous lesdits biens, et qu'ils accroissent la part de François son frère, pourvu toutefois que celui-ci persévère à faire partie de l'Église réformée.

Zélé protestant, François éleva une imprimerie à Genève, en 1562, où il imprimait de concert avec ses beaux-frères Jean et Estienne-Anastase, qui avaient épousé deux filles de Robert, Jeanne et Catherine. Ses impressions sont peu nombreuses; la plus remarquable est une élégante *Bible*, in-8°, 1566-1567, ornée de gravures en bois, luxe contre lequel s'était élevé le conseil de Genève dans son ordonnance de 1560 (1).

Ses fils, *Gervais* et *Adrien*, furent reçus libraires à Paris, l'un en 1612, l'autre en 1614. *Adrien* eut deux fils, *Pierre* et *Jérôme*, reçus libraires à Paris, le premier en 1638, et le second en 1657; en eux s'éteignit la branche des François Estienne.   Ambroise FIRMIN DIDOT.

Thomas Janson ab Almeloveen (d'Almelo), *De Vitis Stephanorum*, Amst., 1683. — Idem, *Vie de Casaubon*, en tête des *Lettres de Casaubon*, 3e édit., 1709, in-fol., Rotterdam, et *Lettres de Casaubon*, 12, 15, 68, 163, 176, 185, 186, 194, 1047. — Michel Maittaire, *Stephanorum Historia;* Londres, 1709. — Nicéron, *Mémoires sur les hommes illustres*, t. XXXVI, p. 246 et sqq. — Baillet, *Jugements des Savants*, t. I, 354 et sqq. — Prosper Marchand, *Dict. hist.;* La Haye, 1758, in-fol. — Greswell, *Parisian Greek Press*, t. I et II ; Oxford, 1835. — A.-A. Renouard, *Annales des Estiennes*, 2e édit., 1843. — Firmin Didot, *Observat. litt. et typogr. sur Henri Estienne* 1826. — Crapelet, *Études sur la Typographie*, t. I, 1837. — Victor Leclerc, *Journal des Debats*, août 1831, 23 avril 1832, 16 août 1833, 15 octobre 1836. — Magnin, *Journal des Savants*, 1840, novembre. — Vaucher, *Biblioth. de Genève*, octobre 1839, n° 49. — Senebier, *Hist. litt. de Genève*, t. I. — Francis Wey, *Hist. des Révolut. du Lang. en France.* — Léon Feugère, *Essai sur la Vie et les Ouvrages de H. Estienne*, en tête du traité de la *Conformité du Langage françois avec le grec ;* Paris, 1853. — Amb. Firmin Didot, *Essai sur la Typographie.* — Sayous, *Études litter. sur les Ecrivains français de la Reformation.* t. 2, Paris, 1854. — Haag, *Musee des Protestants.* — Gaullieur, *Études de la Typographie genevoise au r quinzième et dix-neuvième siecles ;* Genève, 1855.

(1) Casaubon dans ses *Éphémérides* écrit, a la date du 31 février 1611 : « J'ai reçu aujourd'hui une lettre très-affectueuse de l'illustre De Thou : il m'apprend que Robert est malade et en péril de mort : grand Dieu, prends pitié de lui ! »

(1) Je possède un petit ouvrage imprimé en rouge et noir, avec encadrements et vignettes, dont la parfaite exécution ne le cède en rien à celle de De Tournes. C'est un *Calendrier historial.* Il n'était pas connu de Renouard